LES TRÔNES TRAHIS

ÉPREUVES NON CORRIGÉES PARTIELLES CORRESPONDANT À LA MOITIÉ DU TEXTE !

Collection Stardust dirigée par Dorothy Aubert
Ouvrage dirigé par Dorothy Aubert
Couverture : Camille Decoster
Illustration de couverture : Shutterstock

Pour la présente édition :
© 2023, Hugo Stardust, département de Hugo Publishing
34-36, rue La Pérouse
75116 Paris
www.hugopublishing.fr

ISBN : 9782755669947
Dépôt légal : octobre 2023

LES TRÔNES TRAHIS

Quand le baiser de la couronne devient mortel…

NESRINE AMMARI

STARDUST

CHAPITRE 1

PHOEBE.

Assise en face de moi, Vittoria me dévisageait d'un air amusé. Les mains sur les genoux, je réfrénais mon impatience tant bien que mal. Enfermée dans ce carrosse depuis plusieurs heures, je commençais à avoir le mal du pays. Je n'avais jamais dépassé la frontière de Cidia, et tout me rappelait à quel point je me trouvais loin de chez moi. Le vent qui s'infiltrait à travers les vitres véhiculait une odeur âcre de fumée. Le ciel était d'un gris morne, aucun rayon de soleil ne rehaussait l'atmosphère suffocante. D'un coup d'œil, je m'assurai une énième fois que les rideaux de velours étaient fermés. Je ne désirais apercevoir ni montagnes rocailleuses ni collines arides. Les sombres paysages de Khilan étaient aux antipodes de ce que je connaissais. Je me languissais des forêts vertes de mon royaume, de ses senteurs boisées et de ses journées lumineuses.

– Selon le cocher, nous arriverons au palais de Catarrias avant la nuit, m'annonça Vittoria d'un ton calme. Il est temps de répéter une dernière fois.

Je rejetai les épaules en arrière et me composai une attitude digne. J'inspirai plusieurs fois par le nez afin de calmer mes nerfs. Mes mains gantées effleurèrent le lourd médaillon dissimulé sous le corsage de ma robe. Plus qu'un simple bijou, il consolidait mes racines en me rattachant à la personne que j'étais. Le blason de ma famille était délicatement gravé à sa surface. Deux tulipes pourpres et croisées pour symboliser la noblesse de ma lignée. Pendant les prochaines semaines, cet emblème m'aiderait à ne jamais perdre mon objectif de vue. J'étais la princesse Phoebe Alcyon, et je ne trouverai le repos qu'une fois devenue le pire cauchemar de Khilan. Électrisée par le feu de ma rancœur, je proclamai avec assurance :

– Mon nom est Callie Pyrrha, orpheline venue quémander l'hospitalité de Sa Majesté. Après des années d'errance, mon plus cher désir est d'acquérir une place à la cour.

Un sourire satisfait aux lèvres, Vittoria hocha la tête. Soulagée, je me laissai aller contre le dossier de ma banquette. Je m'immergeais dans ma nouvelle identité avec une conviction grandissante. Je m'exprimais enfin d'une voix affirmée, reflet de ma motivation inébranlable. J'avais mis des mois à élaborer la couverture parfaite. Callie était née suite à des recherches minutieuses. Cette jeune femme passerait pour la dernière héritière des Pyrrha, une famille aristocrate tombée en disgrâce des générations plus tôt. Personne ne songerait à contredire cette version. Je me glissais dans la peau d'une débutante inoffensive, indigne de la moindre attention. Son prénom était un hommage à ma mère, la reine Calliopée de Cidia. Le cœur lourd, je formulai une prière silencieuse à Gyella, déesse du sommeil éternel.

Lorsque je croisai son regard gris, Vittoria se pencha pour m'attraper les mains. Le visage dur, elle plissa le front et serra mes doigts glacés entre les siens.

– Vous y arriverez, Votre Altesse, déclara-t-elle. Vous êtes le seul espoir de Cidia, et je me battrai à vos côtés jusqu'à mon dernier souffle.

Ma gorge se noua sous le coup de l'émotion. Une bouffée de gratitude se répandit dans ma poitrine. Je la remerciai d'un simple signe de menton, consciente que cela suffisait. Nous n'aimions pas nous encombrer de paroles inutiles. D'aussi loin que je me souvienne, Vittoria avait toujours été d'une loyauté indéfectible. Pupille de mon père le défunt roi Matthaios, elle était l'un des piliers de la maison Alcyon. Du haut de ses dix-sept ans, elle faisait preuve d'une précieuse sagesse. C'était mon unique amie, la gardienne de mon existence solitaire. En grandissant, nous avions bénéficié des mêmes tuteurs et cultivé des liens solides. Pourtant, elle s'obstinait à ne pas vouloir me tutoyer.

La jeune femme n'avait pas hésité un seul instant avant de me suivre à Khilan. Compte tenu de ses nombreux atouts, avoir Vittoria à mes côtés était une bénédiction. En plus de son intelligence et de ses manières irréprochables, elle maniait l'épée mieux que quiconque. Son ambition était d'intégrer un jour la Garde royale. J'étais convaincue que ma sœur Astoria accéderait à sa requête une fois couronnée. Avant cela, Vittoria allait devoir me protéger contre nos ennemis. Là où nous nous rendions, elle endosserait les responsabilités d'une demoiselle de compagnie. C'était sa meilleure chance d'assurer mes arrières dans le nid de vipères du roi Emrys.

Emrys Hartless. Ce nom résonnait en permanence dans mon esprit torturé. Toutes les nuits, je me voyais serrer les mains autour de sa gorge. Toutes les nuits, je me voyais retirer la vie à un corps sans visage. Je rêvais du jour où mon morbide projet deviendrait réalité. En attendant, le jeune homme continuait d'arpenter la terre tandis que mes parents gisaient dans leurs cercueils. Le fourbe monarque faisait prospérer son monstrueux royaume alors que Cidia périssait à petit feu. Les dieux avaient maudit mon pays par sa faute, et je comptais le lui faire payer…

– Vous rencontrerez le roi dans quelques heures, fit remarquer Vittoria, comme si elle lisait dans mes pensées. Ce ne sera pas une partie de plaisir, mais la réussite de votre mission en dépend. N'oubliez pas que vous êtes censée faire profil bas. Contrarier le souverain ne vous apportera rien de bon.

Une expression taquine adoucissait ses traits, encadrés de courtes mèches d'un blond presque blanc. Je réprimai un soupir. En dehors de la magie mortelle qui coulait dans mes veines, mon tempérament fougueux me caractérisait le mieux. J'étais aussi passionnée que ma sœur Astoria se montrait raisonnable et douce. Née un an avant moi, elle était la candidate idéale au trône. Si notre chevelure aile de corbeau nous faisait passer pour des jumelles, tout le reste nous opposait. Ses pouvoirs suscitaient l'admiration, les miens m'obligeaient à rester en retrait. Le peuple de Cidia me croyait fragile et souffrante. Les bals et autres célébrations m'étaient interdits. J'étais une grenade dégoupillée qu'il était risqué de laisser en liberté. Le secret le mieux gardé de la monarchie. L'arme humaine que les opposants du roi étaient susceptibles de convoiter.

À quatorze ans, j'avais exécuté mon premier prisonnier sous les ordres de mon père. Un traître à la Couronne, un sympathisant de Khilan. Le contact de mes lèvres contre son front moite de sueur avait activé une magie aussi terrifiante que fascinante. Un intense courant d'énergie avait caressé toute la surface de mon épiderme, qui s'était mis à luire d'un éclat vermeil. Celui du sang et de la vie. L'espace d'un court instant, je m'étais sentie éblouie par cette première manifestation de mes dons. J'étais revenue à moi-même une fois confrontée à leurs conséquences.

L'homme s'était tordu de douleur durant une interminable minute avant de rendre l'âme. J'étais restée prostrée près du corps jusqu'à ce qu'on me force à m'éloigner. Astoria avait eu beau me répéter que cet homme l'avait mérité, je n'avais pas réussi à la croire. Le visage épouvanté du condamné demeurait gravé au fer blanc dans mon cerveau. Ma mère avait tenté de me réconforter à son tour. Selon elle, tout deviendrait plus facile avec le temps. Après tout, je n'étais encore qu'une enfant.

On m'avait préparée à ce moment toute ma vie. J'avais toujours su que c'était ma destinée, mon devoir envers le royaume. J'étais venue au monde pour supprimer toute menace contre Cidia. Chaque enfant royal naissait avec une magie spécifique, dont l'essence nourrissait la terre. C'était un présent de nos divinités. Elles avaient orné mes lèvres du Baiser de la mort, et je devais me plier à leur volonté. J'avais donc pris sur moi durant les années suivantes. Je mettais mes émotions de côté pour accomplir mon devoir. Ma famille avait raison, c'était un honneur inestimable. Cette phrase était vite devenue ma devise.

Cela ne m'empêchait pas d'être malade après chaque exécution. Des cauchemars vivaces hantaient mes nuits. Le corps secoué de sanglots, je vomissais tripes et boyaux en m'assurant de ne pas être entendue. Au lever du soleil, je bloquais mes mauvais souvenirs en me répétant que tout allait bien. Je me mêlais à mes proches pour ne pas éveiller les soupçons. Seule Vittoria ne se laissait pas duper. Elle me jetait des regards en biais sans poser de question pour autant. Plus tard dans la journée, elle trouvait le moyen de me remonter le moral.

Le reste du trajet se déroula en silence. Vittoria s'absorba dans l'étude d'une carte de Khilan. Je manquai de m'assoupir à de multiples reprises, bercée par les cahotements du carrosse et les hennissements des chevaux. Au bout de ce qui me parut être une éternité, le véhicule se mit à ralentir. Je me redressai d'un bond. Une pure excitation se répandit dans mes veines, et je consultai mon amie du regard.

– Nous y sommes, n'est-ce pas ? soufflai-je.

– Oui, répondit-elle avec un mince sourire. Nous venons d'entrer dans l'enceinte du palais de Catarrias. À partir de maintenant, il n'y a plus de retour en arrière possible.

Le cœur battant la chamade, je lissai l'avant de ma robe lilas pour me donner une contenance. Vittoria entreprit de placer un voile vaporeux sur mon visage. Toute jeune femme qui arrivait à la Cour devait d'abord se présenter à la famille royale. La coutume lui imposait de masquer ses traits jusqu'à ce moment, afin que personne ne soit en mesure de l'identifier avant le souverain. Les rois de Khilan considéraient sans doute les résidentes du palais comme leur propriété privée. Ce n'était rien d'autre qu'un abus de pouvoir, une façon vicieuse de contrôler des demoiselles impressionnables. Je n'en attendais pas moins d'une brute telle qu'Emrys Hartless. Cette tradition idiote n'aurait pas eu sa place à Cidia. Je ne m'y pliais que pour renforcer la crédibilité de mon déguisement.

Le carrosse s'immobilisa bientôt, et les doigts de Vittoria tremblèrent dans mes cheveux. Je compris qu'elle s'efforçait de cacher sa nervosité. Rester mesurée en toutes circonstances était dans sa nature. Quelle que soit la gravité de la situation, elle ne perdait jamais son sang-froid. Six mois plus tôt, la jeune femme était entrée dans ma chambre pour m'annoncer le régicide. Tout au long de l'horrible récit, sa voix avait conservé le même timbre bas. En me voyant donner libre cours à mon chagrin, Vittoria avait simplement quitté la pièce d'un pas discret. Je m'empressai de chasser cette image de mon esprit. Avec mille précautions, je retirai ensuite mon précieux médaillon pour le confier à mon amie.

– Je ne suis pas autorisée à vous accompagner auprès du monarque, murmura-t-elle. Je vous rejoindrai dans vos appartements dès que possible.

– Ne t'inquiète pas pour moi, tentai-je de la rassurer. Je suis capable d'assurer ma sécurité.

En soutenant mon regard déterminé, Vittoria se contenta d'un hochement de menton solennel. Le cocher ouvrit alors ma portière, et je songeai que c'était à moi de jouer. Le dos droit, j'émergeai dans la lumière grisâtre. L'air humide se bloqua dans ma poitrine lorsque je levai enfin les yeux. Aucune description ne rendait justice au palais de Catarrias, réputé pour ses proportions démesurées. Sa hauteur me donnait le tournis. Le toit voûté était muni de flèches ciselées et pointues. Les couleurs vives des vitraux formaient un contraste avec la fadeur du ciel. La puissance de l'édifice m'arracha un frisson.

Des bruits de pas me parvinrent aux oreilles. Vêtu

d'un uniforme noir, un garde royal s'arrêta à une distance respectueuse. En apparence plus âgé que moi, il affichait une posture droite et calme.

– Mademoiselle, me salua-t-il, je vous prie de me suivre.

CHAPITRE 2

PHOEBE.

Le garde me fit parcourir un large couloir, aux murs constitués d'un assemblage de pierres taillées et peintes en blanc. Ses prunelles grises, plus foncées que celles de Vittoria, demeuraient rivées devant lui. Une cicatrice blanchâtre lui barrait la joue sans rien enlever au charme de ses traits. Sa démarche était tellement rapide que je courais presque pour ne pas me laisser distancer. Mon voile en tulle me donnait chaud, de la sueur commençait à perler sur mon front. Occupée à frotter mon visage parcouru de démangeaisons, je ne remarquai pas tout de suite que mon guide venait de bifurquer à droite. Un peu étourdie, je l'imitai avec une seconde de retard.

Soudain, je ne me sentais prise de vertige. Un inexplicable poids me comprimait l'estomac et les poumons. Je me figeai en voyant une double porte apparaître face à moi. Les jambes flageolantes, je pris brusquement conscience de la situation. Une poignée de mètres me séparaient de l'ennemi, à qui je m'offrais sur un plateau d'argent. C'était la première fois que ma mission me paraissait aussi concrète. Après des mois à échafauder cette rencontre décisive, j'avais maintenant l'impression d'avoir un cerveau défaillant. Je peinais à aligner deux pensées cohérentes. J'avais envie de prendre la fuite et de me rouler en boule telle une petite fille apeurée.

– Tout va bien ? s'enquit le garde, le front plissé. Avez-vous besoin d'un moment pour reprendre vos esprits ?

Incapable de parler, je me penchai en posant les mains sur mes genoux. Mon rythme cardiaque refusait de se calmer, c'était effrayant. Mes membres s'engourdissaient de plus en plus. J'étais là pour tuer le roi Emrys, mais je me demandais si je n'allais pas mourir avant. Quelle ironie ce serait !

– Tâchez de respirer doucement/profondément, ajouta-t-il d'un ton impassible. Il est naturel de se sentir intimidée.

Submergée par mes émotions, j'arrachai mon stupide voile d'un geste brusque. L'anxiété qui me suffoquait surpassait celle ressentie lors de mes exécutions. Je devais m'abaisser à courber l'échine devant l'individu qui avait détruit ma famille. Je n'arrivais pas à me détacher de cette idée insupportable. Le sol sous mes pieds lui appartenait, le garde à mes côtés lui avait prêté allégeance. Même en jouant les espionnes pour le compte de Cidia, je devais me rendre à l'évidence. Tout le temps que durerait ma mission, je serai avant tout prisonnière au sein du palais de Catarrias. Ma liberté et ma vengeance passeraient par le meurtre d'Emrys. Vittoria avait raison : il était trop tard pour reculer. J'étais la princesse Phoebe Alcyon, prête à défendre mon royaume au péril de ma vie. J'inspirai par le nez et expirai par la bouche, concentrée sur le bois sculpté de la porte. Une fois plus détendue, je carrai le buste en remettant de l'ordre dans mes pensées.

– Veuillez m'excuser, formulai-je en insufflant des intonations paisibles à ma voix. Je suis prête, ce n'était qu'un moment de faiblesse.

Je crus un instant que le garde s'apprêtait à me dire quelque chose. Une légère surprise bousculait l'expression imperturbable de ses traits. Finalement, il se reprit très vite et s'inclina dans ma direction. Puis, il frappa deux coups contre la porte qui s'ouvrit en grand. La bouche sèche, j'entrai sans me presser dans la salle baignée d'une lumière colorée. J'employais toutes mes facultés mentales à m'ancrer dans le présent. Je ne pouvais pas perdre pied de nouveau. Le jeune garde resta à l'entrée tandis que j'avançais sur le sol dallé. Un chandelier en bronze était suspendu au plafond, et j'aperçus deux bannières écarlates au fond de la pièce. Elles étaient ornées des armoiries de la maison Hartless : une épée traversée par les flammes. Je me frictionnai les bras à cause de la subite fraîcheur de cet endroit.

En relevant la tête, je croisai le regard d'une dame d'âge mûr. Assise avec élégance sur un siège doré, elle me dévisageait d'un air étonné. Ses cheveux formaient une cascade argentée dans son dos. Je la reconnus comme étant la reine Kassandre, seconde épouse du roi Damian. Ce dernier avait plongé dans un long sommeil deux ans plus tôt, suite à une mystérieuse maladie. Son état stationnaire avait précipité le sacre de son fils aîné, devenu le plus jeune roi de l'histoire de Khilan. Le pouls affolé, je posai enfin les yeux sur le trône massif près de Kassandre.

Ces dernières semaines, je m'étais rendue malade à force de vouloir imaginer le visage d'Emrys. Mon subconscient avait choisi d'en dresser un portrait peu flatteur. Je croyais que les crimes du souverain se refléteraient sur sa physionomie. Je fus déçue de constater que ce n'était pas le cas. Emrys semblait aussi à l'aise sur son gigantesque trône que s'il avait été taillé juste pour lui. La tête haute, il faisait tourner une élégante chevalière autour de son index. D'un bleu intense et polaire, son regard balayait la salle avec indifférence. Je retins mon souffle lorsqu'il tomba sur moi. En une fraction de seconde, une centaine de possibilités défilèrent dans mon esprit. Je regrettai d'avoir refusé la dague que Vittoria avait voulu glisser sous mes jupons.

Un lent sourire étira les lèvres du roi, et je ne pus m'empêcher de tressaillir. J'avais l'impression d'être une biche délicate tombée entre les griffes d'un fauve. Je me réprimandai aussitôt pour cette pensée. Mes manières de demoiselle en détresse n'étaient qu'un subterfuge. Mes dieux m'octroyaient une puissance colossale, mise à disposition de Cidia. J'étais aussi dangereuse qu'Emrys, j'avais peut-être versé autant de sang que lui. À la différence qu'aucune de mes victimes n'avait été innocente.

Il se désintéressa vite de moi pour se tourner vers sa belle-mère :

– Encore une ? lui lança-t-il d'un ton cassant. Eh bien, tu t'es surpassée cette année !

Sa voix grave était teintée d'un sarcasme glacial. Probablement habituée à cette attitude, Kassandre se contenta d'un sourire patient. Elle me fit signe d'approcher d'un geste de la main. Le sang battant mes tempes, je me fendis d'une profonde révérence.

– Veuillez décliner votre identité, m'ordonna la reine.

– Callie Pyrrha, Votre Majesté, répondis-je sans élever la voix.

– Voilà longtemps que nous n'avions plus entendu ce nom, commenta-t-elle avec placidité. Achilles Pyrrha ayant été forcé de se retirer de la vie mondaine après avoir dilapidé sa fortune, je ne m'attendais pas à devoir accueillir sa descendance, bien qu'elle ne soit concernée par aucune sanction.

Je clignai des yeux en feignant de chasser des larmes.

– Pas un jour ne passait sans que mon grand-père ne fasse étalage de ses regrets, prétendis-je. Mon frère, mon père et lui ont péri dans les flammes il y a de cela des mois. En tant que sa dernière héritière en vie, je désire me racheter auprès de la Couronne.

Kassandre m'observa en silence un long moment.

– Vos intentions me paraissent louables, Callie, répliqua-t-elle avec un léger amusement. Je ne peux pas vous refuser cette chance de redorer le blason familial. Néanmoins, votre ignorance des coutumes de la Cour est déplorable. Il faudra y remédier au plus vite.

Désarçonnée, je ne compris son sermon qu'en sentant le courant d'air sur mon visage nu. Les joues en feu, je sursautai en fouillant le sol du regard. Mon voile couleur lavande n'était nulle part en vue. Je l'avais brièvement retiré dans le couloir le temps de contrôler ma respiration. Fortement ébranlée par ma crise d'angoisse, j'avais oublié de le remettre et il avait dû tomber à l'extérieur de la salle. Mes épingles de cheveux n'avaient pas suffi à le retenir. C'était sans doute ce dont le garde avait tenté de me prévenir avant de se raviser. Je présumais qu'il avait mieux à faire que de dicter sa conduite à une jeune femme rongée de nervosité.

Exaspérée, je me fustigeai intérieurement. À Khilan, un excès de négligence pouvait me conduire à l'échafaud. Je devais à tout prix exercer un meilleur contrôle sur moi-même. Comme s'il décryptait mes pensées, Emrys se leva de son fauteuil et éclata d'un rire railleur. À la fois sensuel et menaçant, ce son se répercuta entre les murs. Je remarquai la carrure imposante du monarque. Grand et large d'épaules, il portait une longue épée accrochée à sa ceinture. Les reflets des vitraux nimbaient ses cheveux bruns d'une lueur cuivrée.

– Cette entrevue est des plus divertissantes, décréta Emrys en dardant ses prunelles sur moi. Je devrais vous féliciter, Callie. Mes courtisans sont d'un ennui mortel, chose que je leur fais savoir pour leur bien. Ils pourraient finir par m'agacer, ce qui ne serait bon pour personne. Une fois de mauvaise humeur, je deviens infréquentable.

Ma langue se changea en plomb. Cette conversation prenait un tournant inattendu et difficile à interpréter. Je convoquai tout mon courage pour ne pas reculer pendant qu'il s'approchait de moi. Les traits indéchiffrables, le roi adoptait la démarche souple d'un prédateur. Emrys Hartless avait parfaitement conscience d'être dangereux. À cet instant, j'eus l'intime conviction que sa présence captivante n'avait aucun rapport avec son titre. Même dans la peau d'un simple mortel, il aurait trouvé le moyen de se démarquer. Une force prodigieuse et naturelle émanait de lui. Je jetai un œil à la délicate reine Kassandre, curieuse de savoir si l'aura d'Emrys l'asphyxiait aussi. Elle traitait le premier fils de son époux avec une affection maternelle, mais les apparences étaient parfois trompeuses.

– Le mystère est enfin levé ! s'exclama Emrys en écartant les bras. Depuis mon couronnement, la question des débutantes me taraude. Je ne comprenais pas pourquoi elles se pavanent toutes avec ce morceau de tulle sur le visage. Je pensais que c'était un effet de mode, une énième lubie de demoiselles désœuvrées.

Sa mine pensive me fit hausser les sourcils. Je pris la parole sous le coup d'une impulsion :

– Ces *demoiselles désœuvrées* désirent seulement l'approbation de leur roi, attestai-je avec fermeté. Leur environnement les conditionne à se limiter à cette unique ambition. Vous ne mesurez pas l'impact qu'un seul de vos regards peut avoir sur elles.

Je crus entendre Kassandre pousser un hoquet stupéfait. Un éclair furtif traversa les yeux bleus d'Emrys. Son sourire s'élargit, creusant une fossette dans sa joue droite.

– Je perçois une certaine désapprobation dans votre discours, rétorqua-t-il en baissant la voix. Vous venez de tomber dans mon piège, Callie. J'ai bel et bien connaissance de cette tradition qui vous répugne. Elle a été instaurée par mon arrière-grand-père. C'était un excentrique en quête constante d'attention de la part de la gent féminine. Ma grand-mère s'y est pliée, puis ma mère et Kassandre à leur époque.

Emrys réduisait progressivement la distance qui nous séparait. Son corps projetait une ombre oppressante sur le mien. En dépit de ses muscles détendus, un orage semblait couver sous sa peau. Une fureur incendiaire se diffusa dans ma poitrine. Je distinguais enfin le roi rusé qui avait envoyé un assassin sur les traces de ma famille. Le souffle court, je baissai la tête afin de ne pas empirer ma situation. Je lorgnai toutefois sur son épée, obnubilée par l'envie de pointer la lame contre son torse.

L'hiver dernier, en visite officielle dans une région reculée de Cidia, chacun de mes parents avait reçu une flèche empoisonnée en pleine poitrine. Incapables d'être sauvés, tous deux étaient morts sur le coup. Au milieu d'une foule déchaînée, les gardes s'étaient empressés d'abattre le coupable avant qu'il s'en prenne à ma sœur Astoria. Par la suite, une enquête avait permis de relier cet homme à l'actuel dirigeant du royaume de Khilan. Depuis ce jour, la haine que je vouais à Emrys Hartless était mon carburant. Aussi, je contractai la mâchoire en sentant sa main se glisser sous mon menton. Il confondrait sûrement ma réaction avec de la peur.

– Je déduis autre chose, murmura-t-il. Obtenir mon intérêt ne vous importe absolument pas. Vous n'êtes ici pour rien d'autre que laver le nom des Pyrrha.

Le monarque me força à croiser son regard flegmatique. Pendant une minute, je fus tentée de me pencher un peu plus vers lui. Je n'avais qu'à effleurer sa peau hâlée de mes lèvres. Ce serait lui offrir une mort propre et rapide, à mille lieues de la mare de sang qui s'était formée autour des souverains de Cidia. C'était plus qu'il ne méritait. À la place, je m'enquis sur le même ton :

– Et cela vous est égal, Sire ?

Une émotion cryptique miroita un instant au fond de ses pupilles. Elle s'évanouit bien vite, remplacée par une froideur d'acier.

– Les jeunes filles de la Cour sont libres de faire comme bon leur semble. Si perpétuer d'absurdes coutumes les amuse, grand bien leur fasse. Si elles choisissent de s'en écarter, je n'y accorde aucune importance. Je gouverne un pays, mademoiselle Pyrrha. J'estime avoir plus urgent sur les bras qu'une affaire vestimentaire.

Mes traits restèrent neutres, et je sentis sa prise se resserrer sur mon menton. Ce n'était pas douloureux, mais je commençais à être perturbée par cette proximité. Le parfum épicé d'Emrys m'enveloppait, mon champ de vision se limitait à son visage harmonieux. Je me mordis l'intérieur de la joue lorsqu'il se pencha pour me chuchoter à l'oreille d'un ton suave :

– Je doute que vous suiviez la moindre règle d'où vous venez. Les choses sont différentes à Catarrias. Vous avez beau être aussi ravissante qu'insolente, une incartade trop brutale pourrait vous coûter cher. De grâce, tâchez de rester dans les rangs. Je n'aimerais pas avoir à vous faire du mal.

CHAPITRE 3

EMRYS.

J'abattis un poing rageur sur la table, faisant sursauter le conseiller à ma gauche.

– Dix, grinçai-je. C'est le nombre de Cidiens qui ont franchi la frontière ce mois-ci. Avez-vous une idée de ce que cela implique?

Aucun membre du conseil n'osa rompre le silence. Je promenai un regard dédaigneux/empli de dédain sur les hommes qui m'entouraient. La moitié d'entre eux étaient déjà d'éminents diplomates à l'époque de mon grand-père. Ils avaient contribué à faire de Khilan une nation florissante. Ils n'appréciaient sûrement pas d'être menés à la baguette par un jeune homme de dix-huit ans, mais je n'en avais cure. Savoir qu'ils redoutaient ma colère me suffisait largement. Leurs méthodes dépassées étaient inadaptées au désastre qui nous menaçait. Je trouvais le raisonnement de cette ancienne génération bien trop simpliste, dépourvu de la fougue dont je ne pouvais me défaire.

– Je vous en prie, éclairez ma lanterne, insistai-je en me laissant aller contre le dossier de mon fauteuil.

Le vicomte Niklaus consulta son voisin du regard avant de se racler la gorge. Mes lèvres se tordirent de dégoût face à son crâne luisant de sueur.

– Nos forces armées sont sur le qui-vive, Votre Majesté, assura-t-il d'un ton précipité. Le général Davos vous le confirmera. De plus, les gardes à la frontière s'occupent du problème.

Je lâchai un ricanement blasé en désignant le garde Hero Avir, qui assistait à la réunion depuis un coin de la pièce. La semaine dernière, il avait été en faction à la frontière qui séparait Cidia et Khilan. Son rapport était des plus inquiétants. Un étrange phénomène prenait de l'ampleur du côté de nos ennemis.

– Six mois se sont écoulés depuis l'assassinat public du roi Matthaios et de son épouse, rappelai-je à mes conseillers avec agacement. Cidia est au bord de la guerre civile. Les opposants politiques de la maison Alcyon profitent du chaos pour gagner en puissance. Les plus misérables meurent de faim tandis que les crapules s'enrichissent. Mais c'est loin d'être le pire…

Je marquai une pause pour les laisser mesurer l'impact de mes paroles. Puis, j'entrepris d'énumérer les nombreux malheurs de Cidia :

– Les terres agricoles deviennent stériles du jour au lendemain. Des animaux sont retrouvés morts sans raison apparente. Certaines régions sont décimées par la sécheresse et les incendies.

– Savons-nous ce qui a provoqué ce désastre ? m'interrogea Niklaus en s'humectant nerveusement les lèvres.

– Cidia n'est qu'un repaire de païens et de sorciers maléfiques, rétorquai-je d'un air haineux. Ses habitants soutiennent que ce désastre est le châtiment de leurs dieux. Ce peuple de fanatiques croit dur comme fer que la violence du régicide a attiré sur eux une colère divine.

Les membres de l'assemblée se répandirent en exclamations hostiles. Un sourire satisfait joua au coin de ma bouche. S'il y avait un sujet sur lequel nous tombions tous d'accord, c'était bien notre intolérance à l'égard du surnaturel. À une lointaine époque, mes prédécesseurs convoitaient les richesses de Cidia dans le but d'élargir notre territoire. Les décennies précédentes avaient été témoins de nombreuses batailles entre les deux pays. Malgré la puissance de ses armes, Khilan était démunie face aux dons contre nature des rois Cidiens. Désireux de mettre fin à ce duel perdu d'avance, mon père avait accepté le traité de paix proposé par Matthaios. Nous nous engagions à cesser toute agression contre sa nation, à condition qu'aucun de leurs monstres ne foule notre sol.

– Khilan n'a plus fait feu depuis la signature du traité de paix il y a dix ans, repris-je en croisant nonchalamment les jambes. En revanche, le désespoir pousse de plus en plus de Cidiens à chercher refuge sur nos terres. La perspective d'être envoyés au bûcher ne suffit pas à les dissuader. C'est la preuve que la situation à Cidia empire à une vitesse affolante.

D'un signe de la main, j'invitai Hero à avancer au milieu de la pièce. Les ombres autour de ses yeux gris relataient les horreurs auxquelles il participait. À vingt-et-un ans, il était le dernier à avoir rejoint la Garde royale à l'époque où mon père était bien portant. Recrue prometteuse, Hero gagnait mon approbation à chaque mission. Contrairement à ses collègues, il se montrait souvent taciturne et solitaire. Je ne pouvais pas le lui reprocher, mieux valait être seul que cerné d'imbéciles. Parfois, je m'interrogeais quant à la balafre présente sur sa joue. Elle relatait un conte cruel qui éveillait ma curiosité.

– Tout le monde a suivi vos instructions à la lettre, Sire, déclara Hero de sa voix profonde. Les mises à mort sont effectuées dans la plus grande discrétion. Ces derniers mois, près d'une centaine d'hommes et de femmes téméraires ont connu le supplice du bûcher. De nouveaux points de contrôle ont été installés à la frontière, le long des plaines et des montagnes. Toutefois, je crains que nos efforts soient insuffisants. Les Cidiens seront bientôt trop nombreux à vouloir se réfugier à Khilan. Vos sujets risquent de redouter une invasion. La Couronne ne pourra pas garder le secret indéfiniment.

J'esquissai un rictus amer en toisant mes conseillers avec

dureté. L'affreuse magie de Cidia était répartie de manière inégale au sein de la population. Si la majorité de la noblesse en était dotée, elle se faisait plus rare dans les classes inférieures. Il n'existait pas de moyen de différencier les sorciers des humains normaux. Alors, quiconque passait la frontière de ma nation s'exposait à une mort certaine.

– Je ne comprends pas le fond du problème, soupira Niklaus en fuyant mon regard austère, Cidia a rompu le traité de paix approuvé par votre père le roi Damian. Leur royaume court à sa perte, tandis que le nôtre n'a jamais été aussi fort. C'est la première fois de notre histoire commune qu'une telle occasion se présente. Ce serait le moment idéal de frapper en toute légitimité !

Des murmures approbateurs s'élevèrent autour de lui. Un muscle se mit à tressauter sur ma mâchoire. Je croisai les bras en feignant un air méditatif.

– Selon vous, lançai-je, la faiblesse actuelle de Cidia nous assurerait la victoire ? Oui, je suppose que mes ancêtres seraient fiers de me voir faire main basse sur cette contrée enviable.

Un sourire hésitant fleurit sur le visage rougeaud de Niklaus. Avec un plaisir sadique, je laissai une pointe d'espoir s'enraciner dans la salle. Du coin de l'œil, je remarquai qu'un sourire imperceptible faisait tressauter les lèvres de Hero. Visiblement, il savait ce que je mijotais.

– Il y a juste un léger détail, messieurs, achevai-je d'une voix doucereuse. Cidia n'a plus rien de la nation féconde et ensoleillée que vous jalousiez tous. C'est un champ de ruines en phase d'autodestruction. Il n'en restera rien d'ici la fin de l'année, une véritable gangrène s'y propage. Alors, répondez à ma maudite question. Est-ce qu'une guerre en vaudrait la peine ?

– Mais le général Davos… commença le vicomte en se levant à moitié.

– Davos ne pense qu'à son propre gain, l'interrompis-je, les dents serrées. Déclarer la guerre à Cidia serait une grave erreur. Je refuse de voir Khilan replonger dans le sang et l'angoisse ! En cas d'affrontement, le peuple sera le premier perdant. La question des frontières ne doit pas s'ébruiter, au risque d'affoler inutilement l'opinion publique. Au lieu de persister dans ce débat vain, aidez-moi plutôt à garder nos ennemis à l'œil.

***

Une heure plus tard, je congédiai mes conseillers en exigeant de ne plus être dérangé. Cette session avait mis ma patience à rude épreuve. J'avais déployé beaucoup d'efforts pour ne pas m'emporter. Dans ces cas-là, je m'ancrais à la réalité grâce aux sages paroles de mon père. *Un règne mémorable se construit à force de courage et de persévérance. Toute impulsivité pourrait s'avérer fatale.* Un bon roi plaçait les intérêts de son peuple au-dessus des siens. C'était ce que je m'acharnais à faire, mais on ne me facilitait pas la tâche.

L'aristocratie de Khilan m'évoquait une horde de rapaces. Toujours à l'affût de la première chance de spolier les démunis. Plus ils grimpaient dans la pyramide de pouvoir, plus ils perdaient leur humanité. J'avais sacrifié la mienne ces deux dernières années, sauf que c'était différent. J'étais prêt à badigeonner mes mains de sang cidien dans le but de protéger mes terres et leurs habitants. Je n'avais pas peur de passer pour un monstre sans pitié tant que mon pays demeurait sain et sauf. Je comptais bien conserver la paix léguée par le roi Damian.

Assis à mon bureau, je me frottai le visage avec lassitude. Une fatigue écrasante venait de s'abattre sur moi. Le soleil était sur le point de se coucher, le vitrail derrière moi nimbait les murs d'une couleur rougeâtre. Je lançai un regard peu amène à toute la paperasse qui réclamait mon attention. J'attrapai le dossier le plus urgent et essayai de m'y plonger. Les lettres se mirent vite à danser devant mes yeux. Avec un soupir résigné, je posai mes papiers de côté avant de me lever. J'avais besoin de m'éloigner de ce cabinet de travail.

Personne ne s'approcha de moi tandis que je traversais le palais. Les courtisans avaient dû répandre la rumeur que j'étais d'une humeur massacrante. Tant mieux, je n'avais ni le temps ni l'envie de me faire graisser la patte. Mon manque d'énergie ne transparaissait pas. Je marchais d'un pas vif et déterminé. J'arrivai bientôt aux appartements du souverain. À la surprise générale, j'avais choisi de conserver ceux du prince héritier. Je m'opposais catégoriquement à la perspective de déplacer le roi Damian dans une autre aile de Catarrias. À mes yeux, il était encore le maître des lieux.

J'entrai dans le majestueux salon où il avait pris l'habitude d'accueillir ses invités. Son odeur de propre flottait dans l'air avec autant d'intensité qu'avant. Je promenai les yeux sur les canapés en velours et les meubles bien cirés. Je m'attendais presque à le voir surgir à côté de moi, vibrant de vie et d'autorité. Je toussotai dans mon poing afin de chasser le chagrin qui me brûlait la gorge. La porte de la chambre s'ouvrit soudain de l'autre côté, laissant apparaître le médecin royal. Son matériel sous le bras, il m'adressa une révérence. Les rides soucieuses sur son front n'indiquaient rien de bon. Un mauvais pressentiment me noua l'estomac.

– Avez-vous du nouveau, Theos ? demandai-je d'un ton sec.

– Son état demeure inchangé, Votre Majesté, me répondit-il. Je ne constate pas plus d'amélioration qu'il y a deux ans. Le mystère concernant la maladie de votre père reste entier.

– Vous paraissez nerveux, commentai-je en haussant un sourcil sévère. Si j'apprends que vous me dissimulez quoi que ce soit…

Le médecin blêmit en secouant frénétiquement la tête. Le mouvement fit tressauter ses frisettes grisonnantes.

– Jamais, Sire ! s'exclama Theos d'une voix étranglée. Je fais tout mon possible pour lui venir en aide.

Il se tordit les mains pendant un moment, l'air de peser le pour et le contre. Mon cœur se mit à battre fort entre mes côtes.

J'essayais de refouler le mélange d'espoir et d'appréhension qui grimpait en moi. Je vivais dans une inquiétude constante depuis plus de deux ans. Je revêtais un masque impénétrable pendant la journée, mais mes nuits étaient peuplées de démons. Je ne désirais rien d'autre que de voir mon père se réveiller. J'étais prêt à céder ma couronne pour recroiser son regard bleu et serein. Au palais, trop peu de personnes continuaient de s'accrocher à cette éventualité. Cela me rendait malade.

Durant les premiers mois de son long sommeil, Père recevait des visiteurs tous les jours. Aristocrates et roturiers se bousculaient à la porte de ses appartements pour tenter d'apercevoir son corps inanimé. Optimiste, le médecin royal recourait aux sels de pâmoison, saignées et remèdes classiques. Selon lui, un fort surmenage ou un mal passager étaient sans nul doute responsables du sommeil prolongé de Sa Majesté. L'incompétent avait eu faux sur toute la ligne et était aujourd'hui moins disposé à vanter son savoir. Après mon couronnement, les visites octroyées à l'ancien roi étaient devenues inexistantes. En sentant le vent tourner, les courtisans avaient délaissé Damian Hartless comme s'il n'était qu'une voile cassée. Khilan avait connu son époque la plus prolifique sous son égide. Pourtant, on le reléguait aux oubliettes. Difficile de faire plus ingrat…

Les premiers signes physiques de la maladie étaient apparus peu après le quinzième anniversaire de son règne. Une importante fièvre l'avait d'abord empêché d'assurer ses fonctions. D'étranges marques violacées étaient ensuite apparues sur sa peau. Refusant de céder à la panique, mon père m'avait fait jurer de garder le secret quoi qu'il arrive. La disparition de ces stigmates cutanés avait coïncidé avec sa perte de connaissance. Plus j'y réfléchissais, moins j'étais sûr que garder le silence était une solution. Et s'il s'agissait de l'information susceptible de lui sauver la vie ?

Le médecin royal m'arracha à mes pensées par un raclement

de gorge. L'allure plus assurée, il se pencha dans ma direction :

– J'ai peut-être une piste, avoua-t-il. Néanmoins, je vais devoir m'absenter afin d'approfondir mes recherches. Je préfère ne pas me prononcer avant. Si Votre Majesté me l'accorde, je serai de retour à temps pour le bal de Séléné. Une fois que j'en saurai plus, je pourrai vous proposer une solution optimale.

Une bouffée d'adrénaline me monta au cerveau. Les poings contractés, je me retins à grand-peine de le plaquer contre un mur pour lui faire cracher le morceau.

– Ne me décevez pas, exigeai-je froidement.

– Je suis votre humble serviteur, Sire, me promit-il avec une énième courbette.

Il me contourna hâtivement, et je le suivis des yeux jusqu'à ce qu'il soit hors de vue. De nouveau seul, je poussai un soupir avant d'entrer dans la chambre. Les rideaux de brocart tirés devant les fenêtres plongeaient la pièce dans une semi-obscurité. Alors que je m'approchais du lit, j'eus la surprise de découvrir qu'on m'avait devancé. Quelqu'un était déjà assis au chevet de mon père.

CHAPITRE 4

EMRYS.

En notant ma présence, l'homme afficha un sourire chaleureux et bondit sur ses pieds. En proie à une joie intense, je perdis l'usage de la parole pendant un moment. Le poids que j'avais sur le dos parut s'atténuer lorsqu'il s'approcha de moi. Un rire coincé dans la gorge, je lui retournai son accolade.

– J'ai failli attendre, me reprocha-t-il d'un ton taquin. Je voulais te rendre visite directement, mais on m'a dit que tu étais occupé. Moi qui m'attendais à un accueil en fanfare, je suis déçu.

– Tu n'es pas le centre du monde, Paris, répliquai-je en échouant à dissimuler mon sourire. Et puis, je ne t'attendais pas avant le premier bal de la saison !

Paris haussa les épaules en me tapotant le bras. Une lueur rassurante animait ses prunelles marron. J'étais certain qu'il devinait ce que je traversais. C'était la seule personne que je ne souhaitais pas tenir à l'écart de mes difficultés. Le duc de Pellias avait été le conseiller le plus avisé de mon père, en plus de son ami le plus cher. Son dévouement n'était plus à prouver. Tout le monde savait qu'il était prêt à offrir sa vie contre la pérennité de la maison Hartless. Il me donnait toutes les raisons de lui accorder une confiance aveugle.

À l'aube du traité de paix, Paris avait joué les émissaires auprès du roi Matthaios. Il connaissait Cidia mieux que quiconque. Dès qu'il était apparu clair que Père ne se réveillerait pas, le duc avait usé de son influence pour précipiter mon avènement. Au sein du conseil privé, c'était son vote qui avait fait pencher la balance en ma faveur. Certains nobles, dont le sournois vicomte Niklaus, auraient préféré l'élection d'un régent. Leur candidate idéale n'était autre que la reine Kassandre. Un choix curieux compte tenu de sa réputation. Elle était connue pour son désir de rester à l'écart de la politique. Le roi Damian l'avait épousée seulement quelques mois après la mort de ma mère. À l'instar de la précédente, cette union relevait du devoir et de la raison. L'amour était une distraction qu'un souverain devait éviter à tout prix. C'était un sentiment fantasque, une lame rouillée qui s'enfonçait dans un cœur pour mieux l'affaiblir.

Je relâchai l'étreinte de Paris pour contempler la silhouette endormie de mon père. Les yeux parcourus de picotements, j'effleurai sa main immobile et glacée. Je ne m'habituais toujours pas à l'aspect parcheminé de sa peau, ni au teint cendré de son visage. M'y résoudre était au-dessus de mes forces. Je fournissais déjà un effort lancinant en restant à proximité de ce corps chétif. Envolée, la carrure intimidante de l'illustre souverain Damian. Ses cheveux étaient à présent d'un blanc laiteux et tombaient par touffes sur l'oreiller.

– Il paraît que le général Davos souhaite faire feu sur Cidia, énonça le duc d'un ton prudent. Mon petit doigt me dit que tu t'y opposes.

– Tu es bien placé pour comprendre ma prise de position, répondis-je, les bras croisés. Ce n'est pas un manque d'ambition, simplement un choix réfléchi.

– Damian aurait fait la même chose, approuva Paris. Je ne rentre pas à Catarrias les mains vides. Comme promis, j'apporte des nouvelles de Cidia. Mes espions se sont penchés sur le cas de l'héritière de Matthaios.

Je me redressai avec la rapidité d'un faucon qui vient de repérer sa cible. Je repassai mentalement le peu d'informations dont je disposais au sujet d'Astoria Alcyon. C'était une jeune femme inexpérimentée et non préparée à affronter un soulèvement populaire. Après la mort de ses parents, elle avait été proclamée reine en toute discrétion. Elle n'avait même pas encore eu droit à un couronnement officiel. Cette cérémonie serait jugée de mauvais goût compte tenu des problèmes qui agitaient Cidia. Tout portait à croire qu'Astoria était seule et isolée. J'avais entendu dire que son nombre de partisans s'amoindrissait de jour en jour. Cependant, je ne baissais pas ma garde pour autant.

– Astoria Alcyon a beau être en mauvaise posture, reprit Paris d'une voix tendue, il serait dangereux de la sous-estimer. Elle dispose d'un large éventail de pouvoirs magiques. Il paraît qu'elle est capable de plonger un royaume entier dans l'obscurité. Notre artillerie ne fait pas le poids face à une menace pareille.

Les paroles du duc confirmaient mes craintes. Je le regardai passer une main incertaine dans ses cheveux blonds noués en catogan.

– Qu'y a-t-il ? le pressai-je.

– Astoria ne rendra pas les armes avant d'avoir épuisé toutes ses options, soupira-t-il. Sa faiblesse sur la scène diplomatique est loin d'être une fatalité. Pas si elle dispose d'un atout que nous ignorons.

– Je ne suis pas sûr de te suivre, ripostai-je d'un ton perdu. Que peut-elle posséder de plus que sa sorcellerie immorale ?

Paris m'attrapa fermement par les épaules en plongeant son regard pensif dans le mien.

– Je vais te donner un conseil, chuchota-t-il. Avant d'entamer une partie d'échecs, tu dois toujours avoir une vue d'ensemble sur ton jeu. Apprends à connaître tes pions sans n'en négliger aucun. Surtout, intéresse-toi à ceux de ton adversaire. Il pourrait bien en dissimuler derrière son dos, ou sous le revers de sa chemise.

En temps normal, ce discours cynique m'aurait fait rouler

des yeux. Néanmoins, il était cette fois question de la survie de Khilan. Ses doigts s'enfonçaient tellement fort dans ma clavicule que j'étais sûr d'y trouver des bleus. Combattant un début de migraine, je me creusai les méninges à la recherche des notions que j'avais de Cidia. Je revins plusieurs années en arrière. Je me revoyais assis dans le cabinet royal pendant que Damian épluchait les rapports de ses subordonnés. C'était un rituel auquel nous tenions tous les deux. Le regarder travailler éveillait en moi une ambition brûlante. En tant que prince héritier, je ne pouvais qu'aspirer à égaler un jour mon modèle absolu.

Les séances s'étiraient en longs débats interminables. En fonction de mon intérêt/humeur, j'y participais avec enthousiasme ou y prêtais une oreille distraite. Je me souvenais que le sujet des Alcyon revenait souvent sur le tapis. Le traité n'empêchait pas mon père de se tenir informé des agissements du roi Matthaios de Cidia. Ma mémoire renfermait forcément un détail susceptible de faire la différence. Probablement un élément d'apparence insignifiante. Je me rendais compte que Paris avait raison. Sur l'échiquier, un cavalier, une tour ou une dame pouvait dissimuler un roi.

– Matthaios a eu deux filles, décrétai-je d'une voix neutre. Astoria est première dans l'ordre de succession, mais que savons-nous de la cadette ?

Paris me lâcha enfin, et je me massai l'épaule droite en grimaçant. Il arborait le sourire d'un maître fier d'être surpassé par son apprenti favori.

– Ah, commenta-t-il d'un ton appréciateur. Je constate que tu as aussi hérité de l'intuition de Damian. C'est exact, la princesse Phoebe Alcyon représente le mystère le plus opaque de Cidia.

– Phoebe occuperait-elle une place inhabituelle au sein de la monarchie ?

– C'est la première fois que les sources de mes informateurs se contredisent autant, répliqua-t-il avec une pointe de frustration.. On dirait qu'il leur est impossible de se mettre d'accord sur une même version. C'est ce que j'appelle une impasse !

Un rictus féroce ourlait ses lèvres. Le duc de Pellias disposait d'un solide réseau d'espions. Nul autre que lui ne connaissait leur identité, ni jusqu'où ils étaient capables d'aller pour assouvir leur soif de savoir. Nous les surnommions les Scorpions à cause de l'habileté avec laquelle ils accomplissaient leur obscure fonction. Damian n'avait jamais tenté de s'immiscer dans les occupations de son acolyte. Selon lui, il était plus sage de garder certaines affaires dans l'ombre. Alors, je ne me mêlais pas non plus de la toile tissée par Paris. J'étais plus que content qu'il la mette à ma disposition.

– Le palais de Sunscar est la résidence principale des Alcyon, reprit Paris. D'après certains domestiques qui y travaillent, notre princesse serait une créature chétive et malade. Ses parents l'ont gardée à l'écart afin de la préserver et de ne pas gâcher le peu d'années qu'il lui reste à vivre. On dirait qu'Astoria persiste à vouloir protéger sa jeune sœur, puisque Phoebe demeure invisible. J'ai toutefois des agents chez qui le son de cloche est différent. L'un d'eux affirme qu'une femme de chambre l'aurait aperçue à plusieurs reprises. Sa santé serait en vérité tout à fait bonne. Sachant que Matthaios était un homme calculateur, quelle raison aurait-elle pu le pousser à garder sa seconde enfant dans l'ombre ?

Il se tut avec un regard appuyé, attendant que je saisisse le cheminement de ses pensées. Peu désireux de me perdre en conjectures erronées, je pris le temps de me creuser les méninges.

– Père disait toujours que les membres de la famille royale de Cidia accordaient une grande importance à leur magie, me remémorai-je. Qu'elle conditionnait leur valeur et leur rôle au sein de la société. Matthaios s'est peut-être basé sur ce précepte avant de forcer Phoebe à vivre en réclusion. Comme il l'aurait fait avec un joyau que ses rivaux pourraient envier. Se pourrait-il qu'elle soit dotée de pouvoirs phénoménaux et dangereux ?

– Telle est ma théorie. Je tenais à t'en faire part sans y mêler les membres du conseil. Tu sais bien que nos rapports sont tendus depuis belle lurette. Au fil des années, nous avons multiplié les… divergences d'opinions.

J'agitai une main distraite dans sa direction. Après avoir honoré la volonté de mon père en me donnant le trône, Paris s'était éloigné de ses fonctions officielles à la cour. En dépit des mauvaises langues, je faisais en sorte que sa place au conseil demeure prête à l'accueillir de nouveau. Je m'opposais catégoriquement à ce qu'il soit remplacé.

Frustré, je me mis à faire les cent pas à côté de la fenêtre. La fourberie des dirigeants de Cidia n'avait aucune limite. J'allais devoir m'y accoutumer, puis agir en conséquence. Je n'osais imaginer les maléfices auxquels pouvaient recourir les sœurs Alcyon. Je devais à tout prix les tenir éloignées de ma nation. Un frisson de dégoût me hérissa les poils des bras. Il gèlerait en enfer avant qu'une malfaisance surnaturelle salisse Khilan.

En sentant le courroux qui enflait en moi, Paris tenta une plaisanterie :

– Pendant ce temps, je présume que tu dois aussi endurer les fadaises de Kassandre ?

Contre toute attente, un rayon de soleil perça le ciel orageux de mon esprit. Je m'esclaffai avec une spontanéité exceptionnelle.

– Son acharnement force le respect, raillai-je. Je n'ai jamais vu autant de débutantes faire leur entrée dans le monde que cette année. Elle est persuadée que je finirai par jeter mon dévolu sur l'une d'elles.

Comme à chaque fois que nous parlions de la reine, un sourire forcé lui tordait la bouche. Derrière une courtoisie de façade, Paris et elle entretenaient une relation houleuse.

Kassandre avait longtemps considéré d'un mauvais œil son amitié avec son époux. Sa disposition délicate la poussait à être rebutée par les ténébreuses activités du duc. De son côté, ce dernier ne se défaisait pas d'une légère méfiance à l'égard de la dame. D'autant que toute enquête à son sujet s'était révélée infructueuse. Kassandre était aussi irréprochable que le proclamait son image.

– Ta belle-mère n'a pas tout à fait tort, tu sais, observa-t-il avec douceur. Tôt ou tard, tu devras engendrer un héritier. C'est un autre de tes devoirs envers la Couronne.

Mon enjouement fondit comme neige au soleil. Mes pensées dévièrent d'elles-mêmes vers la jeune femme rencontrée quelques heures plus tôt. Je me remémorai son teint d'albâtre et ses grands yeux noirs. Callie Pyrrha possédait un tempérament singulier. Elle semblait pleine de bonne volonté à l'idée de rétablir la réputation de sa famille déchue. Pourtant, cela éclipsait difficilement sa force de caractère. Sa docilité me faisait penser à un masque de porcelaine. Callie n'aimait pas qu'on lui dise quoi faire, les ordres la répugnaient. C'était une insoumise que la cour allait se faire un plaisir de redresser. Dans une certaine mesure, je me reconnaissais en elle. La plupart des convenances me faisaient fuir comme la peste. Je trouvais qu'elles n'avaient ni queue ni tête. Il y avait des limites à ce que je pouvais accepter. Me lier à une personne insipide pour le restant de mes jours n'en faisait pas partie.

– J'ai déjà un héritier, rétorquai-je d'un ton sans appel. Quand je ne serai plus là, Oris récupérera mon trône.

Âgé d'à peine huit ans, Oris était mon demi-frère. D'un commun accord, Kassandre et moi le tenions éloignés de Catarrias. Nous souhaitions qu'il grandisse à l'écart des mœurs parfois brutales de notre monde. Du moins, ce serait le cas jusqu'à ce que vienne le moment de le préparer à son rôle. J'accordais une grande importance au bonheur de ce petit garçon. Les traits chargés de compassion, Paris fit mine de me rejoindre. Je l'esquivai d'un pas preste, sachant d'instinct que mon visage venait de revêtir un aspect figé.

– Tu ne peux pas rester seul indéfiniment, ajouta-t-il avec tristesse. C'est un destin que je ne souhaite à personne. De grâce, ne commets pas la même erreur que moi.

Envahi de lassitude, je me mis à reculer sans lui faire l'aumône d'un regard. Je sortis de la pièce en prenant soin de claquer la porte.

CHAPITRE 5

PHOEBE.

Ma première semaine au palais de Catarrias comptait parmi les plus étranges de mon existence. Déstabilisée par la nouveauté, je redoublais d'efforts pour rentrer dans le moule. Callie Pyrrha était une admirable mascarade, et aucun détail ne devait être laissé au hasard pour l'embellir. Tous les matins, Vittoria m'affublait de vêtements à la dernière mode Khilanienne, moins pratiques que ceux auxquels j'étais habituée. Les volumineuses robes étaient cousues dans des étoffes sombres, loin des tons pastel que nous affectionnions à Cidia. Les chemises en coton épais m'irritaient la peau. Je fulminais intérieurement en implorant la sage déesse Alia de m'apporter la patience dont j'avais besoin. Il me suffisait de penser à ce que le roi me ferait subir si on me perçait à jour. Entre les flammes du bûcher et un tissu de piètre qualité, ma peau optait pour la seconde. Cependant, je m'autorisais une grimace énervée dans le miroir lorsque Vittoria me tirait les cheveux en arrière. La reine Kassandre conseillait aux débutantes d'adopter des coiffures strictes, alors qu'elle-même laissait sa chevelure flotter au vent. Apparemment, toute excentricité devait être évitée tant que le bal de Séléné ne serait pas derrière nous.

Première célébration de la saison estivale, le bal de Séléné réunissait tout le gratin de Khilan. Les jeunes filles de la haute société attendaient cette soirée avec la boule au ventre. Ma propre nervosité ne tarderait pas à atteindre un plafond. Je n'étais pas intimidée par le jugement des courtisans, mais par le tournant décisif qu'emprunterait ma mission. Dans deux semaines jour pour jour, je serai reconnue comme membre officiel de la cour. J'aurai alors tout le loisir de planter mes dents dans la chair avariée de ce royaume. Je me mêlais aux répétitions en prenant mon mal en patience. Ces préparatifs interminables consumaient mes journées et mon énergie. J'étais condamnée à passer des heures en compagnie des débutantes. Callie peinait à se creuser une place dans leur cercle. La réputation entachée des Pyrrha faisait d'elle une cible facile. Dès que j'avais le dos tourné, des chuchotements venimeux ou moqueurs me parvenaient aux oreilles. Je les ignorais sans trop de difficulté. Ce n'était pas *moi* qu'elles cherchaient à humilier, pas vraiment.

Au cours de ma vie isolée, j'avais eu très peu d'occasions de fréquenter des personnes de mon âge. Mes maigres connaissances (en terme de relations humaines) se résumaient aux confidences d'Astoria, qui était constamment entourée de suivantes. Celles-ci n'aspiraient qu'à être dans les bonnes grâces de la princesse héritière. D'un côté parce qu'il était naturel d'aduler ma sœur. De l'autre parce qu'obtenir ses faveurs ouvrait de nombreuses portes. Le monde était plus disposé à nous apprécier quand on pouvait changer des vies.

Vittoria offrait l'exemple opposé. Au palais de Sunscar, elle inspirait un mélange de fascination et de crainte. La jeune femme attirait les regards partout où elle se rendait. En fonction du contexte, ces œillades exprimaient le respect ou la convoitise. Beaucoup de personnes jalousaient sa position en secret. Le roi Matthaios ne prenait pas n'importe qui sous son aile. La mère de Vittoria n'était autre que la Grande Prêtresse Rowena Sterworld, décédée en couches. Bien qu'elle soit née sans don magique, les dieux avaient béni le sang qui traversait ses veines. Même en s'éloignant de l'avenir que sa génitrice aurait choisi pour elle, Vittoria servait la cause de nos treize divinités. L'une s'était consacrée au temple d'Adis, la seconde à la lumineuse dynastie Alcyon.

Allongée sur le dos, je ruminais tout cela en fixant le plafond d'un air absent. Je devais reconnaître que ma chambre à Catarrias était d'un confort extrême. Le mobilier en bois sombre était à l'image du palais. Tout en hauteur et épaisseur. J'avais la sensation de nager dans le lit à baldaquin ouvragé. J'étais habillée de pied en cape, bien trop fatiguée pour me débarrasser de ma lourde toilette. De l'autre côté de la pièce, Vittoria était assise dans un fauteuil à dossier rembourré. Elle s'occupait en ponçant soigneusement la lame de son épée. Ses vêtements grotesques, semblables aux miens, ne changeaient rien à son allure. Elle n'avait l'air ni crispée ni déplacée, alors que je trébuchais souvent sur mes ourlets. Je la dévisageai en silence pendant quelques secondes, avant d'annoncer d'un ton songeur :

– Astoria est censée me rendre visite ce soir, elle me l'avait promis avant mon départ.

Vittoria suspendit son activité et leva les yeux vers moi.

– Si elle s'attend à un rapport détaillé de notre première semaine, soupira-t-elle, Sa Majesté votre sœur risque d'être déçue.

Je grognai avec frustration en enfouissant mon visage dans un oreiller en plumes. Un son d'acier m'informa que mon amie mettait son arme de côté. Elle logeait dans une aile plus modeste du palais, mais ses précieuses possessions étaient dissimulées dans mes appartements. C'était la solution la plus sûre. Ma chambre contenait de nombreux recoins qui pouvaient servir de cachette insoupçonnable. Celle de Vittoria était plus petite et susceptible d'être fouillée. N'importe qui serait troublé de trouver un assortiment de couteaux sous le lit d'une demoiselle de compagnie. Plus particulièrement dans un royaume à la mentalité aussi étriquée. À Khilan, il était inenvisageable qu'une femme s'enrôle dans la garde royale, encore moins dans l'armée. Les rêves de grandeur étaient interdits aux femmes. On ne leur autorisait qu'un seul destin : celui d'épouse docile et de mère comblée.

Les discussions des débutantes tournaient autour de trois sujets. Sécuriser un mariage avantageux. Les exploits des hommes de leurs familles. Et leur thème favori : le séduisant Emrys Hartless. Ces derniers jours, j'en avais appris plus à son sujet qu'en six mois de recherches. Toutes les anecdotes servaient à l'ériger en héros et à enjoliver sa réputation. La dernière rumeur en date prétendait qu'il était enfin prêt à prendre épouse. C'était le vœu le plus cher de la reine Kassandre. Une obligation pour tout souverain digne de ce nom. Cette spéculation mettait la cour dans tous ses états. Plus d'une dame était persuadée que sa fille ferait une reine consort idéale, et qu'Emrys la choisirait d'ici quelques mois. Ces discours ne manquaient jamais de me donner la nausée. Qui rêverait de s'enfermer dans une union aussi malheureuse ?

– Je n'aurai qu'à régaler Astoria de récits idiots, m'écriai-je avec ironie. Ce n'est pas comme si nous avions un royaume à sauver !

***

Cette nuit-là, je me couchai bien avant l'extinction des feux. J'étais aussi excitée qu'une puce à l'idée de retrouver Astoria dans mes rêves. Le souvenir de son visage émacié et soucieux me poursuivait au quotidien. Nos adieux n'avaient pas été une partie de plaisir. Elle avait essayé de me faire changer d'avis jusqu'au dernier instant. Ma sœur n'avait accepté mon plan qu'à contrecœur, arguant qu'il relevait de la folie. Je lui avais tenu tête sans flancher, consciente qu'elle n'oserait pas user de son autorité contre moi. Sur ce plan, Astoria était bien différente de notre père. Elle était incapable de piétiner le libre arbitre de quiconque, ce que ses détracteurs prenaient plaisir à lui rappeler. Ils déformaient sa bonté en la faisant passer pour un manque de fermeté. Haut et fort, ils clamaient que la reine légitime de Cidia ne savait pas quoi faire de sa couronne. En ces temps périlleux, le royaume avait besoin d'un dirigeant aussi féroce que le roi Matthaios. Cette troupe de scélérats estimait qu'Astoria n'était pas taillée pour le rôle.

Le sommeil eut finalement du mal à me capturer entre ses bras. Avant de sombrer, je ne cessai de m'agiter sous mes draps immaculés. Abruti de fatigue, mon cerveau repassait en revue mes préparatifs des derniers mois. Astoria avait fait appel à un mercenaire pour me garantir un passage sécurisé jusqu'à Khilan. En échange d'une fortune non négligeable, il avait permis à mon carrosse d'échapper à la surveillance des gardes à la frontière. Nous avions opéré lors d'une nuit opaque, en profitant des quelques minutes du changement de tour. Vittoria et moi nous étions agrippées l'une à l'autre, terrorisées par la possibilité d'être saisies sur le fait. Aucune miséricorde n'était accordée aux Cidiens qui se glissaient sur le territoire de Khilan. Une fois sur le sol ennemi, nous avions voyagé sans relâche jusqu'à l'aube. Aux premiers rayons de soleil, nous avions fait halte dans la ville la plus proche. Tandis que les chevaux se reposaient, j'avais peaufiné les derniers détails du personnage de Callie. Sa mission accomplie, le mercenaire m'avait munie de faux papiers d'identité avant de tracer sa propre route.

En parvenant à m'endormir, je m'enfonçai dans des ténèbres nébuleuses. Pendant une fraction de seconde, j'eus l'impression de flotter à la surface d'une mer d'encre. Puis, une lumière étincelante enveloppa mon corps. Je ne cherchai pas à réprimer mon sourire joyeux, le premier depuis des jours. À l'autre bout de cet espace hors du temps, une silhouette élancée venait de se matérialiser à son tour. Auréolée d'un éclat doré, Astoria poussa un soupir de soulagement en m'apercevant. Mes pieds nus me portèrent jusqu'à elle en un battement de paupières.

– Je n'étais pas sûre que tu viendrais, ma sœur, marmonnai-je, la gorge serrée.

– Je n'aurais raté cela pour rien au monde, répondit-elle

d'un ton affectueux. Néanmoins, je craignais que la distance entre les royaumes rende le contact difficile à établir.

– De toute évidence, tout fonctionne à merveille, fis-je remarquer.

Les bras ballants, je ne fis pas mine de vouloir l'enlacer. Il était impossible d'établir un contact physique dans l'Entre-deux. Je l'avais découvert dès qu'Astoria était parvenue à nous y conduire. Nous étions alors hautes comme trois pommes. Contrairement à moi, elle était encouragée à expérimenter ses pouvoirs autant qu'elle le souhaitait. La première fois qu'elle s'était immiscée dans mon sommeil, chacune se trouvait à un bout du pays. Astoria en visite officielle avec nos parents, moi dans ma chambre à Sunscar. À l'époque, nous souffrions de ces séparations régulières. Aucune lettre ne remplaçait vraiment la présence d'un être qu'on aimait. Après avoir découvert cet endroit seule, mon aînée avait tout fait pour m'y attirer. L'Entre-deux servait à nous réunir chaque nuit que nous passions loin l'une de l'autre. Ma mère disait que c'était la récompense du dieu Adis pour notre patience et nos bonnes actions.

En grandissant, Astoria s'était progressivement détachée de moi. Ses obligations la tenaient à l'écart de nos jeux, et mes propres responsabilités se profilaient à l'horizon. Je me confinais de plus en plus dans mon aile du palais, en même temps que se répandaient les rumeurs à mon sujet. La seconde fille de Matthaios et Calliopée Alcyon n'avait pas été gâtée par les dieux. Une princesse constamment alitée dans sa cage dorée. Un beau gâchis pour une lignée aussi illustre. Mais si nos rendez-vous magiques se faisaient plus rares, ils constituaient à ce jour un atout bienvenu.

– Tu me manques tellement, Phoebe, avoua Astoria d'une voix étouffée. Dis-moi la vérité, comment vas-tu ?

– Je n'ai fait aucun progrès pour l'instant, répondis-je avec une pointe de honte. Emrys Hartless est encore hors de ma portée, je ne l'ai vu qu'une seule fois. Il est aussi exécrable qu'on le pensait, à tel point que c'est une raison supplémentaire de l'abattre. En plus…

– Phoebe, m'interrompit-elle, un sourire indulgent aux lèvres. Ma question ne portait pas sur notre ennemi. Je veux savoir comment tu te *sens*. Tu es affaiblie dans un royaume qui veut notre peau. Je fais confiance à Vittoria pour vous garder toutes les deux à l'abri du danger, mais cela ne m'empêche pas de me faire un sang d'encre !

Je clignai des yeux et reculai d'un pas pour masquer ma surprise. Je me tus un moment, de peur de bafouiller des paroles insensées. Ma reine venait de poser une question pertinente, à laquelle je ne pouvais offrir aucune réponse satisfaisante. Que pouvais-je bien lui dire ? Admettre ma terreur équivaudrait à la laisser prendre le dessus. Je refusais qu'Astoria sache que, partout où je me rendais à Catarrias, je lançais des regards méfiants par-dessus mon épaule. Une anxiété corrosive était greffée à mes entrailles. Seule ou accompagnée, je m'attendais toujours à trouver un assassin derrière moi.

– Je me porte comme un charme, laissai-je tomber avec une indifférence étudiée.

Le regard marron d'Astoria s'assombrit. Déçue, elle leva les yeux au ciel. Je remarquai son affolante perte de poids, les os qui pointaient presque à travers le satin de sa robe de chambre. Le dernier morceau de mon cœur se brisa un peu. Je regrettai vite mon attitude distante.

– Raconte-moi tout ce qui est arrivé à Cidia cette semaine, lâchai-je. Je dois savoir si les dieux nous ont vraiment tourné le dos.

Sa lèvre inférieure se mit à trembler. Une larme solitaire roula sur sa joue pâle.

– C'est un désastre, gémit ma sœur. Je crois bien que notre pays ne dispose plus de beaucoup de temps.

CHAPITRE 6

PHOEBE.

J'ignorais ce qui était le plus douloureux. Voir Astoria donner libre cours à son chagrin, ou apprendre que j'avais sous-estimé la malédiction qui tuait Cidia à petit feu. Je tendis la main en direction de ma sœur, et mes doigts traversèrent son avant-bras comme s'il se composait de fumée. Dans l'Entre-deux, je ne pouvais rien lui offrir d'autre que cette pitoyable marque d'affection. Je me demandais ce qui se produirait si j'essayais de déposer un baiser sur sa joue. Ce serait un geste inédit de ma part. Je n'avais pas la moindre idée de ce que cela faisait d'embrasser quelqu'un par amour. À chaque fois que j'enlaçais un membre de ma famille, je m'assurais que mes lèvres restent à distance de sa peau nue. En général, mes étreintes étaient si maladroites que j'évitais d'en donner. Enfant, je ne comprenais pas toujours pourquoi je ne recevais des embrassades qu'à l'occasion de nos fêtes religieuses. Ce n'était qu'en enchaînant les exécutions que j'avais saisi l'étendue de la menace que je représentais. J'avais donc appris à faire fi de toute forme de tendresse. Ma mère avait été la seule personne à me cajoler dès qu'elle le pouvait, ignorant mes protestations. La reine Calliopée savait séparer la puissante princesse Phoebe de la jeune femme. À ses yeux, j'étais plus que le parfait soldat de la Couronne. J'étais avant tout la chair de sa chair.

Les traits décomposés, Astoria renifla discrètement en s'efforçant de contrôler ses émotions. Elle baissa les paupières et lissa la ride soucieuse sur son front. La voix de notre père résonnait sans doute dans son esprit. Il disait toujours qu'un bon monarque n'était pas immunisé contre le désespoir, mais qu'il devait apprendre à le dompter tel un fidèle destrier.

– Des renégats ont incendié le temple d'Adis, me renseigna-t-elle d'une voix mesurée. Les prêtresses ont fait de leur mieux pour sauver ce qu'elles pouvaient. Certains dommages sont irrévocables.

Toute goutte de sang déserta mon visage. Le souffle coupé par cette effroyable nouvelle, je pressai une main tremblante contre ma poitrine. Une succession d'images défila devant mes yeux. Je me remémorai les longues heures passées dans l'enceinte du temple. Le sentiment de paix qui m'envahissait entre ses murs symétriques et polis. L'édifice faisait partie intégrante du patrimoine de Cidia, il symbolisait tout ce en quoi nous croyions.

– Douce Dyena, murmurai-je. Le blasphème se répand parmi nos sujets.

Astoria se rongea l'ongle du pouce. Vestige d'enfance, cette habitude la faisait paraître plus jeune.

– Je soupçonne une conspiration à la cour, Phoebe, reprit ma sœur. Parfois, je m'assieds sur le trône qui me revient de droit, et j'observe les alliés de notre famille. Les Clantide, les Gallea, les Calbell. Ces lignées avaient juré fidélité à notre père car il leur garantissait une part du festin. Leur loyauté est aussi frivole que le cœur d'un amant. Les promesses qu'on m'offre sont trompeuses, les cadeaux toujours empoisonnés. Mon titre de reine ne me confère qu'un pouvoir limité.

– Où veux-tu en venir ? m'enquis-je avec prudence.

– Je crois que les nobles se liguent contre moi. Ils souhaitent me dépouiller de mon héritage, j'en mettrais ma main au feu ! Ma position est fragilisée de jour en jour. Je suspecte Asher Calbell d'attendre le moment opportun pour me renverser.

Une lueur farouche luisait au fond de ses prunelles. Cousin

et ami de notre mère, Asher était l'un des rares individus au courant de ce que j'accomplissais. Le régicide l'avait tant affecté qu'il limitait désormais ses visites au palais de Sunscar. Le peu de fois où je l'avais revu depuis l'hiver dernier, sa mine mélancolique m'avait sauté aux yeux. Me méfier de lui équivaudrait à remettre en cause le jugement de nos parents.

– Astoria, la raisonnai-je, c'est une accusation très grave. As-tu la moindre preuve de ce que tu avances ?

Mon air dubitatif parut la piquer au vif. La jeune femme croisa les bras dans une attitude défensive.

– L'attaque du temple d'Adis était très révélatrice, riposta-t-elle. L'opération était organisée avec suffisamment de minutie pour me mettre la puce à l'oreille.

Elle marqua une courte pause pour me permettre d'assimiler son discours.

– Sur place, nos gardes n'ont trouvé aucun coupable à incriminer. Pas un seul élément qui aurait pu les mettre sur la bonne voie. Il est évident que les traîtres responsables de ce crime n'ont pas agi de leur propre chef. Un tel esprit stratège n'est pas l'apanage du commun des hommes.

– En quoi Asher serait-il concerné ? demandai-je d'un ton perdu.

Astoria afficha une grimace irritée, et je rentrai la tête dans les épaules. Je n'avais pas l'habitude de déjouer des intrigues de cette ampleur. Notre père avait légué son sens de la réflexion à son enfant prodige, tandis que j'avais écopé de la sale besogne d'abattre nos opposants. Je me sentais soudain minuscule face à mon aînée. Je la regardai lisser distraitement les mèches sombres qui bouclaient sur son front. L'angoisse dans laquelle elle vivait semblait la dévorer de l'intérieur. Pourtant, cela ne changeait rien à sa beauté époustouflante. Astoria se mouvait avec élégance, son être irradiait d'une autorité indéniable. Même avec le visage maculé de larmes, elle avait tout d'une souveraine.

– Je suis soumise à une pression monstrueuse, chère sœur, soupira-t-elle. Des fidèles ont été grièvement blessés au cours de l'incendie. La Grande Prêtresse demande réparation, et je ne peux pas me permettre de perdre son appui. De quoi aurais-je l'air aux yeux de notre peuple si je ne parviens pas à assurer sa sécurité ? Je suis convaincue que tout a été supervisé par un individu haut placé et doté des ressources nécessaires. Le but de la manœuvre était d'envoyer un message fort, de faire voler en éclats le peu de stabilité que Cidia possède encore.

– Tout en décrédibilisant ton rôle, achevai-je.

La reine acquiesça avec raideur. Je décortiquai mentalement les pièces de ce puzzle infernal. En plus de sa fortune et de son influence politique, Asher avait souvent prêté main forte au roi sur le plan tactique. En théorie, il pouvait très bien être à l'origine du rigoureux assaut sur le sanctuaire de nos divinités. Néanmoins, je trouvais cet argument bien faible.

Alors que j'ouvrais la bouche pour parler, le sol se mit à gronder sous nos pieds.

– Astoria ! m'écriai-je d'un ton paniqué. Que se passe-t-il ?

Une nouvelle secousse vint ébranler l'Entre-deux, plus violente que les précédentes. Les yeux écarquillés, ma sœur ne répondit pas à ma question. Les sens aux aguets, elle tourna lentement sur elle-même en fouillant l'obscurité.

– Garde ton sang-froid, Phoebe, m'ordonna-t-elle. N'oublie pas qu'il ne peut rien nous arriver ici.

Comme pour la contredire, un bruit de craquement retentit. Je bondis en arrière, le cœur cognant à l'intérieur de ma cage thoracique. La partie rationnelle de mon cerveau tentait d'étouffer mon effroi. J'étais seulement ici par la pensée, mon enveloppe corporelle reposait dans un lit à Catarrias. Je ne pouvais pas être blessée, il me suffisait de me réveiller. Sans crier gare, une dizaine de rayons de lumière transpercèrent les ténèbres. Aveuglée, je faillis perdre l'équilibre. De plus en plus flamboyants, ces faisceaux semblaient provenir de partout.

L'Entre-deux tombait en morceaux pendant que nous étions entre ses murs. Je présumai qu'Astoria avait réussi à s'enfuir, car elle n'était plus nulle part en vue. Tétanisée, je me mordis la langue jusqu'au sang. Un éclair de douleur me traversa la bouche, mais je n'arrêtai pas. Mon seul but était de reprendre connaissance.

Je me sentis bientôt aspirée hors de l'Entre-deux, un vent brûlant fit voleter mes cheveux autour de mon visage. Au moment où je compris être tirée d'affaire, un hurlement perçant me parvint aux oreilles. Mon sang ne fit qu'un tour, j'appelai ma sœur en m'agitant dans tous les sens. J'avais eu faux sur toute la ligne. Astoria n'avait pas regagné le monde tangible, elle avait besoin de mon aide. Impuissante, je continuai de m'époumoner pendant que mon corps rappelait mon esprit.

Je m'éveillai en sursaut, fiévreuse et désorientée. Ma chemise de nuit était trempée de sueur, et j'avais un goût métallique dans la gorge. Saisie d'un haut-le-cœur, je rejetai le contenu de mon estomac par-dessus mon lit. Je renversai au passage la chandelle éteinte sur ma table de nuit. Ce bruit sourd me rappela ce qui venait de se produire. Je me pris la tête entre les mains, prête à éclater en sanglots. L'appel à l'aide d'Astoria résonnait encore dans mes tympans. Je m'en voulais cruellement de l'avoir abandonnée à son sort.

Obnubilée par mon funeste pressentiment, je m'obligeai à faire preuve de logique. L'Entre-deux m'était aussi familier que mes appartements à Cidia. C'était une extension de mon foyer, et j'avais assisté à sa destruction sans rien pouvoir y faire. Je murmurai une prière silencieuse en pensant à ma sœur. Elle devait être indemne. Les dieux ne nous laisseraient rien subir d'irrévocable, au risque de voir Cidia sombrer pour de bon. L'incendie du temple avait attisé leur colère, mais nous n'en étions pas responsables. À quoi bon nous punir ?

La respiration saccadée, je rejetai mes draps entortillés. Il faisait trop chaud dans cette chambre. Une odeur désagréable saturait l'air, et j'avais un besoin irrépressible de fraîcheur. Je devais m'aérer l'esprit au plus vite. Je glissai les pieds dans une paire de chaussons, puis titubai en direction de la porte. Je n'avais aucune idée de l'heure qu'il était. Le palais était plongé dans un silence de plomb, mes pas résonnaient dans le couloir en pierre. Trop énervée pour retourner chercher une chandelle, je me résignai à progresser dans le noir. Une main contre le mur humide, j'avançai à l'aveuglette jusqu'à l'escalier. La démarche vigilante, je descendis la première volée de marches en m'agrippant à la rampe aux lignes sobres.

L'air nocturne m'arracha un soupir de satisfaction. Je n'étais pas loin du jardin sur lequel donnaient les fenêtres de ma chambre. Les fleurs y étaient moins jolies qu'au palais de Sunscar, dont les bosquets embaumaient le jasmin et la lavande. Je pressai le pas dans le hall principal. La lueur de pleine lune s'infiltrait à travers les arcades, tout en donnant un aspect fantomatique aux colonnes blanches.

Pendant que je marchais, mes pensées dérivèrent vers les confidences d'Astoria. Elle n'avait pas eu le temps de m'expliquer plus en détail son hypothèse concernant Asher Calbell. Avant la signature du traité de paix, il avait mis le meilleur de lui-même à disposition de l'armée. Il n'avait pas hésité à assister mon père sur le champ de bataille, ni à transformer l'une de ses propriétés en quartier général. Plus jeunes, ma sœur et moi lui avions attribué le surnom affectueux d'*Oncle Asher*. D'un vert saisissant, ses yeux en amande étaient d'ailleurs identiques à ceux de notre mère. J'espérais sincèrement qu'Astoria se trompait sur son compte.

Je m'arrêtai à quelques mètres de la sortie. J'entendais des voix étouffées en provenance de l'extérieur. Je cherchai un endroit où me cacher, avant de me rendre à l'évidence. Aucun pilier de marbre ne suffirait à me masquer aux nouveaux venus. Affolée, je commençai à tourner les talons dans l'espoir de rebrousser chemin. Hélas, deux silhouettes de haute taille firent leur apparition au même moment.

Les cheveux coiffés en catogan, un homme inconnu m'adressa un regard médusé. Je devais avoir l'air absurde dans ma tenue légère. Les joues embrasées, je me tordis nerveusement les mains. J'espérais que cet incident n'arriverait pas aux oreilles de la reine Kassandre. Je n'avais nulle envie de me faire réprimander. Mon embarras redoubla d'intensité lorsque je vis les commissures de ses lèvres tressauter.

Soudain, la personne à côté de lui laissa échapper un rire goguenard. Une pierre me tomba dans l'estomac, je connaissais bien ce son insupportable. Vêtu d'une chemise ample entrouverte, le roi Emrys émergea hors de l'obscurité. Il me détailla de la tête aux pieds en commentant :

– Je me demandais quand nous nous reverrions, mademoiselle Pyrrha.

CHAPITRE 7

EMRYS.

Décidément, ma soirée s'annonçait pleine de surprises. De retour d'une promenade à cheval avec Paris, je ne m'attendais pas à tomber nez à nez avec Callie Pyrrha. Nous ne nous étions plus croisés depuis notre première rencontre. Ces derniers jours, les groupes de débutantes pullulaient dans les couloirs du palais. Comme à chaque saison, elles tissaient des amitiés basées sur des intérêts communs. Or, Callie brillait par son absence au sein des clans qui se formaient. Non pas que j'avais pris la peine de vérifier…

Je supposais qu'elle suivait mon conseil en faisant profil bas. Derrière leurs éventails en dentelle, les jeunes femmes de la cour se montraient aussi magnanimes que les goules de nos légendes. Prêtes à tout pour gravir les échelons, elles s'infligeaient les pires coups bas. J'étais parfois tenté de leur offrir des sièges au conseil, histoire de les laisser employer leur férocité à des fins utiles. Je comprenais que Callie veuille les fuir comme la peste. En s'installant à Catarrias, elle héritait du mépris général envers Achilles Pyrrha. Ce sentiment pouvait dégénérer au premier faux pas.

Ainsi, j'eus du mal à réfréner mon hilarité en découvrant Callie seule dans le hall. Embarrassée, elle gardait les bras fermement croisés contre son buste. Kassandre jugerait indécent le tissu transparent de son vêtement de nuit, de même que les boucles d'ébène qui lui recouvraient les épaules.

Il émanait d'elle un mélange de fraîcheur et de vulnérabilité. C'était la même demoiselle qui m'avait tenu tête, mais quelque chose était différent. Je n'arrivais pas à mettre le doigt dessus. Décontenancée par ma présence, elle ressemblait à un poisson hors de l'eau.

– Auriez-vous égaré votre langue ? la provoquai-je. Je vous croyais plus loquace, Callie.

Ma remarque la fit sortir de son hébétude, et elle m'offrit une révérence impeccable. Je fus frappé par son sens de l'étiquette. La jeune femme se comportait avec autant de distinction qu'une dame bien née. C'était beaucoup plus que ce qu'on attendait d'une personne élevée loin du palais, dans un trou perdu de province. Elle ne donnait pas l'impression d'avoir travaillé dur pour atteindre ce niveau de prestance. Sa grâce était aussi naturelle que celle de Kassandre. Peut-être plus, car dépourvue des artifices qui régentaient ses semblables.

– Mes plates excuses, Sire, répondit Callie, la tête inclinée.

– Avez-vous besoin d'aide pour retrouver le chemin de votre chambre ? continuai-je avec un sourire en coin. À vos yeux, Catarrias fait certainement office de labyrinthe.

Une plaque écarlate s'étendit dans son cou diaphane, preuve que je venais de la vexer. Le plaisir que je prenais à la railler en fut décuplé. Debout près de moi, Paris ne ratait pas une miette de cet échange.

– Je désirais prendre l'air, précisa-t-elle d'un ton lisse. J'éprouve des difficultés à m'endormir.

Je hochai la tête en me mordant la lèvre pour ne pas m'esclaffer. Kassandre serait scandalisée d'apprendre que l'une de ses protégées errait dans les couloirs à cette heure avancée.

– Je suis navré de l'entendre. Pourquoi ne pas avoir fait appel à votre demoiselle de compagnie ? N'aurait-elle pas été ravie de vous chaperonner ?

Pendant un infime instant, des rides joyeuses apparurent au coin de ses yeux. Callie recouvra immédiatement son sérieux, et je fus désarçonné par la pointe de déception qui me taquina l'estomac. Je me surprenais à vouloir lui arracher un rire.

– Avec tout mon respect, répliqua-t-elle, c'est la preuve que vous ne la connaissez pas. Ma demoiselle de compagnie serait horrifiée d'apprendre que j'ai quitté ma chambre en pleine nuit. Elle s'imagine que tous les recoins de Catarrias sont peuplés de monstres.

N'y tenant plus, Paris éclata d'un rire tonitruant. Il m'adressa un clin d'œil complice en commentant :

– Cette jeune femme sait de quoi elle parle.

Il se tourna ensuite vers Callie avec un sourire engageant.

– Je suis le duc de Pellias, se présenta l'homme d'une voix douce, la même qu'il aurait utilisée pour s'adresser à un cheval récalcitrant. Vous êtes la petite-fille d'Achilles, n'est-ce pas ?

– C'est bien cela, confirma la jeune femme avec une courtoisie prudente.

– J'étais très jeune au moment des faits, continua Paris, mais j'ai toujours pensé que votre grand-père avait été traité injustement. Il a tout perdu à cause d'une erreur de jugement, et j'en suis désolé. Si vous avez besoin de quoi que ce soit, n'hésitez pas à me solliciter.

Stupéfaite, Callie formula des remerciements à voix basse. Ce devait être la première fois qu'on lui témoignait une telle gentillesse. Je conservai un visage impassible, en dépit de la chaleur qui se répandit en moi. C'était ce que j'aimais chez Paris. Sa réputation de canaille ne l'empêchait pas de tendre une main secourable aux nécessiteux. Le front plissé, il se rapprocha soudain de la jeune femme afin d'étudier son visage.

– Ma foi, murmura-t-il après un moment, la ressemblance est frappante.

Je crus voir une moue paniquée se former sur les lèvres de Callie. Elle sembla relâcher son souffle lorsque Paris recula enfin. Sa réaction relevait sûrement de la lassitude. Les comparaisons constantes avec son aïeul ne devaient pas être très flatteuses.

– J'ai une idée, mademoiselle Pyrrha, lança le duc d'un ton tranquille. Et si notre roi vous faisait l'honneur d'une visite guidée ? De nuit, notre beau palais renferme des secrets spectaculaires.

Je me crispai en entendant la suggestion de Paris. J'effleurai le pommeau incrusté de rubis de Fury, l'épée qui ne quittait jamais mon flanc. J'avais pour manie d'effectuer ce geste dès que je me sentais désemparé. Le duc répondit à mon regard noir par un grand sourire insolent. Il avait une idée derrière la tête, et cela ne me plaisait pas.

Je coulai un œil discret en direction de Callie. On aurait dit qu'elle venait d'avaler un fruit acide. Son teint était livide et ses sourcils étaient froncés en une ligne sévère. Ses yeux sombres se posaient partout sauf sur moi. Je remarquai que ses mains fines trituraient la longue chaîne dorée qui ornait son cou. Je devinais la forme circulaire d'un pendentif sous le col plongeant de sa chemise de nuit. Ce bijou devait beaucoup compter à ses yeux. Elle y était aussi attachée que moi à Fury. Je n'eus toutefois pas l'audace de détailler sa physionomie plus longtemps. Je ne voulais pas la mettre mal à l'aise, encore moins faire germer une idée saugrenue dans son esprit.

Je me raclai la gorge en relâchant les épaules :

– Mademoiselle Pyrrha doit être fatiguée, décrétai-je. Elle ferait mieux de retourner se coucher.

Avec un soulagement évident, Callie s'empressa de hocher la tête. Une étincelle de défi traversa les iris du duc.

– Fadaises, riposta-t-il en balayant mes paroles d'une main. Cette demoiselle se plaignait tout juste de son insomnie. Sentir la brise estivale hors de ces murs lui fera le plus grand bien. On ne lui posera pas de question si elle est accompagnée du roi lui-même.

Je grinçai des dents, pris au piège. Le rictus de Paris me confirma que ma gêne l'amusait au plus haut point. J'étais le souverain d'une nation prospère, mais il me traitait comme si je ne valais pas mieux que n'importe quel courtisan. Sous un certain angle, c'était le cas. Mes rapports avec le sexe opposé étaient limités au strict minimum, je faisais honneur à mon rang en traitant les dames de la cour avec considération. Lors des célébrations officielles, j'accordais des danses aux débutantes plébiscitées par la reine. En bref, toutes mes fréquentations étaient en rapport avec ma fonction. Je n'étais pas suffisamment expérimenté pour savoir comment me comporter dans pareille situation. Me retrouver seul avec Callie Pyrrha promettait d'être aussi agréable que de me taillader la main au couteau. J'avais le pressentiment qu'il serait difficile de la berner à grand renfort de paroles douceâtres.

– Sa Majesté a sûrement mieux à faire, intervint-elle d'une toute petite voix. Je n'aimerais pas le retenir…

Paris haussa un sourcil moqueur. En comprenant qu'il s'apprêtait à proférer une énormité, je me hâtai d'avancer vers Callie. Si je n'avais aucun mal à masquer ma réticence sous une allure glaciale, je ne pouvais pas en dire autant d'elle. La débutante ne put réprimer un léger mouvement de recul. Notre échange dans la salle du trône devait être gravé dans sa mémoire. Ce jour-là, je n'avais pas pu me retenir de la mettre en garde à ma manière. Ce serait dommage que son franc-parler, qualité considérée comme le péché ultime par les nobles, lui porte préjudice.

– Où aviez-vous prévu de vous rendre ? lui demandai-je d'un ton détaché, comme si divertir des jeunes filles insomniaques était dans mes habitudes.

Étonnée par ma question, Callie leva les yeux vers moi. Je notai la longueur de ses cils, aussi soyeux et noirs que ses cheveux.

– Pas plus loin que le jardin principal, Sire, répondit-elle en rompant notre contact visuel.

– Excellent choix, approuva Paris d'une voix plus forte que

nécessaire. Cet endroit est l'un des préférés de Sa Majesté.

Une émotion proche de la nostalgie passa sur les traits de la jeune femme. Je n'eus pas le temps de m'interroger quant à sa signification, car elle se reprit très vite. Avec une brève révérence, le duc ajouta :

– Je vais à présent me retirer dans mes appartements. Je vous souhaite une agréable nuit.

– Un instant, le retins-je avec un geste impérieux. J'ai besoin de votre veste.

Si Paris fut pris de court par ma requête, il n'en laissa rien paraître. Il se délesta de son gilet en cuir et me le tendit sans un mot. Je le remerciai d'un signe de tête, puis m'écartai pour le laisser passer. J'attendis qu'il soit hors de vue pour m'approcher de Callie. L'atmosphère dans le hall semblait soudain différente. Lourde et intime, comme si les ténèbres des murs nous enfermaient dans leur étreinte. Un accès de panique manqua de me faire perdre mes moyens, mais je plantai solidement mes pieds au sol. J'étais le roi de Khilan, bon sang de bois ! J'avais survécu à un couronnement controversé et à des heures de réunions interminables. Ce n'était pas cette soirée qui risquait de m'effrayer.

– Permettez-moi, mademoiselle Pyrrha, murmurai-je en me glissant derrière elle.

Je suspendis mes mouvements en sentant son corps entier se tendre. Ses doigts se posèrent de nouveau sur la chaîne de son collier.

– N'ayez crainte, je ne vais pas m'en prendre à vous, la rassurai-je en levant les yeux au ciel.

Sans lui donner le temps de rétorquer, je déposai le vêtement sur ses épaules avec toute la douceur dont j'étais capable. Malgré moi, je respirai au passage le parfum qui se dégageait de sa peau. Celui du muguet, mélangé à une note plus puissante. Il symbolisait à merveille le feu qui couvait sous sa silhouette délicate.

CHAPITRE 8

PHOEBE.

Le regard plongé dans celui d'Emrys Hartless, j'avais le sentiment de nager en plein cauchemar. Pour me donner une contenance, je m'emmitouflai dans le gilet du duc de Pellias. En dépit de la température clémente, mes bras nus étaient couverts de chair de poule. Le roi fit un pas de côté pour mettre de la distance entre nous. Quelques secondes plus tôt, j'avais senti le dos de sa main frôler la chaîne de mon médaillon. L'imposant pendentif reposait contre mon cœur, dissimulé par ma chemise de nuit. Je ne prenais pas le risque de le porter en présence des habitants du palais pendant la journée, pas même sous mes couches de vêtements. Néanmoins, je ne pouvais résister au besoin de dormir avec. La nuit tombée, je le glissais à mon cou avant de m'étendre dans mon lit. Cadeau de mon père pour le dernier équinoxe de printemps, il me permettait de sentir sa présence. Le métal noble me transmettait sa force. Dans l'intimité de ma chambre, ce bijou m'aidait à méditer calmement.

Je me demandais ce que dirait Père en apprenant que mon sentimentalisme risquait de me coûter ma mission. Je me tenais dans un hall désert avec mon ennemi juré. Je n'aurais pas pu anticiper de me retrouver dans une posture aussi délicate. Pour cette seconde confrontation, je jouais d'une malchance suprême. Tourmentée par ma réunion avec Astoria, ôter mon médaillon était la dernière chose à laquelle j'aurais pensé. Et si

Emrys cherchait à le voir de plus près ?

Je n'avais pas la moindre idée de ce qui se déroulait dans son esprit. Ses prunelles au bleu polaire ne reflétaient aucune émotion. Lorsqu'elles quittèrent enfin les miennes, mes genoux manquèrent de se dérober sous mon poids. Je me redressai en me disant que mes angoisses étaient ridicules. Les chances pour que le souverain découvre les armoiries des Alcyon sur moi étaient minimes. Je n'avais qu'à tout faire pour détourner son attention. Il suffisait qu'Emrys soit dans les parages pour que je me mette à imaginer le pire. Cette nuit, sa présence court-circuitait mon esprit mis à rude épreuve.

– J'ose espérer que vous trouvez le palais à votre goût, asséna le roi d'un ton flegmatique.

– Oui, Votre Majesté, répondis-je en forçant un sourire serein. Je tenais à vous faire part une nouvelle fois de ma gratitude.

Emrys croisa les mains derrière son dos. Mon intuition me chuchotait qu'il n'était pas convaincu par mes paroles. Je déglutis péniblement, la tâche promettait d'être ardue. J'allais devoir redoubler de ruse pour éviter de me trahir. Cette rencontre inopinée n'était en aucun cas comparable à notre entretien officiel. L'atmosphère était plus détendue, voire feutrée. Le monarque lui-même paraissait changé. Délesté de sa tenue d'apparat, les cheveux légèrement ébouriffés, il ressemblait à un garçon de dix-huit ans. Toutefois, je ne me laissais pas berner pour autant. Cette fausse simplicité ne le rendait pas moins dangereux, c'était même le contraire. Il me faisait penser à un serpent tapi dans les hautes herbes, attendant son heure.

– C'est étrange, commenta-t-il en scrutant mon visage pâle. Puisque Catarrias correspond à vos attentes, pourquoi ne trouvez-vous pas le sommeil ?

Je fronçai les sourcils, déstabilisée par la pointe d'intérêt dans sa voix placide. On aurait dit qu'Emrys était sincèrement captivé par le morne quotidien de Callie Pyrrha, qui figurait à un pôle opposé de la pyramide sociale. Avec un peu de chance, je pouvais utiliser sa curiosité à mon avantage. Je me remémorai un autre conseil que m'avait prodigué mon père le roi Matthaios : un bon mensonge contenait toujours une part de vérité. Ainsi, je baissai le menton en avouant d'un air penaud :

– Tout est tellement nouveau, Sire. J'ai besoin de temps pour m'acclimater.

Je désignai l'architecture grandiose en battant innocemment des cils.

– Je n'ai pas grandi au milieu d'une telle opulence, renchéris-je. Mon esprit est rongé de doutes. Je me sens gauche et déplacée. Ai-je pris la bonne décision en venant ici ?

Emrys resta muet si longtemps que mon pouls s'affola. J'étais en train de jouer avec le feu. Je devais prendre garde à ne pas pousser la comédie trop loin, au risque de perdre le contrôle. Les muscles de mes mollets étaient tendus à l'extrême, prêts à prendre la fuite.

– Vos inquiétudes sont aussi compréhensibles que légitimes, déclara doucement le jeune homme. Je crois savoir que votre enfance s'est déroulée à Ravenmist, non loin des frontières de Cidia. C'est la seule propriété qu'Achilles Pyrrha avait été autorisé à conserver.

– C'est exact, soufflai-je. Un endroit d'une beauté pittoresque, aux antipodes de la majestuosité de Catarrias. Ses nombreux défauts n'en faisaient pas moins mon foyer, et je m'en languis.

Je pris une brusque inspiration, en feignant d'être affectée par la mention de ce douloureux passé. Je me félicitais de n'avoir négligé aucun détail en épluchant le parcours d'Achilles depuis son exil. Après des années de dépendance aux jeux de hasard, mon prétendu aïeul s'était retrouvé criblé de dettes. C'était ce qui lui avait valu les foudres de la cour et le retrait de ses biens. Autrefois respecté de tous, le patriarche de la famille Pyrrha n'avait plus qu'une simple résidence champêtre comme unique demeure. L'habitation avait été ravagée par un incendie seulement quelques semaines après le meurtre de mes parents. Achilles n'y avait pas survécu, de même que son fils et son petit-fils. J'avais considéré ce drame comme un message de la déesse Dyena, qui me sommait de saisir l'opportunité.

En découvrant que l'aristocrate répudié avait perdu une petite-fille en bas âge, cela avait été un jeu d'enfant d'inventer l'existence de Callie. La seule personne qui s'était trouvée à l'extérieur de la maison au moment où elle avait pris feu. Achilles ayant été rejeté par tous ses anciens amis à la cour, nul n'était en mesure de démêler le vrai du faux. Le roi Matthaios n'avait pas tort. On aboutissait à un meilleur résultat en déformant la vérité au lieu de l'inventer de toutes pièces. Ironie du sort, la région de Ravenmist était très proche de mon royaume. La rumeur disait que ses riches pâturages étaient comparables à ceux de Cidia. Cette proximité formait un lien ténu entre mon alter ego et moi.

Un rayon de lune éclaira soudain le visage d'Emrys, qui me fixait de nouveau avec attention. Ses iris, auréolés d'un contour argenté, exerçaient un effet hypnotique sur les miens. Je m'en voulus aussitôt d'avoir formulé cette pensée. Troublée, je me retins de justesse de chercher le poids de mon médaillon.

– Vous êtes ici chez vous, Callie, assura le monarque à ma grande surprise.

Je me mordis l'intérieur de la joue afin d'étouffer une exclamation ahurie. Après sa menace implicite, pas plus tard que la semaine précédente, voilà qu'Emrys s'évertuait à me réconforter. Je n'aurais pas imaginé cela dans mes rêves les plus fous. Sans se départir de son expression imperturbable, le souverain m'offrit ensuite son bras. Je n'émis qu'une infime hésitation avant de glisser la main dans le pli de son coude.

***

– Qu'en pensez-vous ? me demanda Emrys à voix basse.

Les doigts pressés contre mes lèvres, je clignai des yeux avec stupeur. Le roi venait de me conduire dans un jardin que je voyais pour la première fois. Ce lieu n'avait pas grand-chose en commun avec le petit espace vert que j'avais aperçu depuis ma chambre. Nous étions à l'entrée d'un gigantesque labyrinthe, dont les haies mêlaient rosiers épineux et buissons touffus. Même dans le noir, je parvenais à discerner le subtil jeu de couleurs engendré par la végétation. Un frisson me parcourut la colonne vertébrale. À son apogée dans le ciel d'encre, la lune semblait m'adresser un avertissement silencieux.

Cette escapade nocturne me rendait perplexe. L'apparence serpentine du labyrinthe m'attirait de manière irrésistible, tout en me faisant froid dans le dos. J'étais curieuse de savoir si son charme demeurait identique pendant la journée. Encore plus de découvrir ce que ses couloirs abritaient. Je me rendis alors compte qu'Emrys attendait une réponse, et que mes doigts s'agrippaient à la manche de sa chemise. Je lui lâchai le bras à toute vitesse en sentant ses muscles se contracter sous ma paume. Notre court trajet s'était déroulé dans un silence complet, plus paisible qu'inconfortable.

– J'habite au palais de Catarrias depuis une semaine, chuchotai-je. Pourquoi n'ai-je jamais entendu parler de cet endroit ?

Le monarque remua dans l'obscurité avant d'expliquer :

– La reine Gregoria, ma mère, avait pris l'habitude d'organiser des réceptions au cœur de ce labyrinthe. Il s'agissait d'un rendez-vous incontournable pour les membres de l'aristocratie. L'effet de mode s'est évaporé après sa mort et le second mariage de mon père. On associe ce bois à sa mémoire. Or, cela fait plus d'une décennie que le pouvoir a changé de main. Comme vous le savez peut-être, la reine Kassandre a jeté son dévolu sur une partie différente du palais.

J'acquiesçai sans dire un mot, perturbée par une telle

confidence. Kassandre passait le plus clair de son temps cloîtrée dans son boudoir, entourée de débutantes ou de dames de compagnie. Prendre le thé en sa compagnie, lors des rares heures où le soleil brillait à l'extérieur, était un supplice. Dans ces moments-là, mon esprit voguait vers le palais de Sunscar. Je me remémorais ses façades de verre qui le faisaient ressembler à un diamant brut. En s'y reflétant, les rayons solaires l'illuminaient de mille feux. À l'apogée de l'été, des habitants voyageaient des quatre coins du royaume pour apercevoir ce joyau de la monarchie. La gorge nouée, je m'obligeai à rester concentrée. Mes souvenirs ne devaient pas me détourner du présent que j'affrontais.

– Est-ce pour cette raison que vous affectionnez ce lieu, Sire ? m'enquis-je doucement.

Les lèvres d'Emrys s'étirèrent en un rictus amer, et il secoua la tête.

– J'étais très jeune lorsque la fièvre a emporté ma mère, me révéla-t-il. Je me souviens à peine de son visage, encore moins du son de sa voix. Une quasi-inconnue ne peut m'inspirer aucune nostalgie.

Je parvins à contrôler ma réaction. Mon estomac se tordit tandis que j'étudiais son profil élégant et assuré. Évidemment qu'il n'avait cure du sort tragique de sa génitrice. Emrys Hartless ne se souciait de rien d'autre que de sa propre personne. D'autant que les souverains de Khilan étaient connus pour avoir banni les mariages d'amour de leurs us et coutumes. Le roi Damian n'avait probablement pas éprouvé plus de tendresse pour Gregoria que pour Kassandre. Son fils avait dû hériter de cette indifférence pour les femmes qui représentaient la monarchie. Tant mieux. Plus j'apprenais d'informations rebutantes au sujet de mon ennemi, plus ma mission s'avérerait facile à finaliser.

– Si j'apprécie autant ce labyrinthe, poursuivit le jeune homme, c'est parce qu'il me fait penser à mon esprit. Ses allées sont aussi tortueuses et solitaires que les pensées qui m'obsèdent. Néanmoins, les premières sont les seules à posséder une issue.

Je me rapprochai de lui inconsciemment. Ses intonations trahissaient une infime trace de vulnérabilité, semblable à une fêlure à la surface d'un miroir. J'étais désarmée face à son apparente sincérité. Pendant un bref instant, je fus envahie par un désir dévorant de m'introduire à l'intérieur de sa tête. Était-il possible qu'Emrys ressente de la culpabilité envers les victimes dont il précipitait la perte ? Ou réfléchissait-il constamment à un nouveau moyen d'étancher sa soif de pouvoir ?

Le roi de Khilan releva le menton et nos regards se croisèrent. Ses pupilles étaient dilatées au point d'engloutir le bleu de ses iris. J'eus l'étrange sensation d'être à bout de souffle, comme si je venais de traverser tout Catarrias en courant.

– Vous arrive-t-il de ressentir la même chose, Callie ? m'interrogea Emrys. D'être dépassée par vos responsabilités ?

– Mes… responsabilités, répétai-je, la gorge sèche. Pardonnez-moi, je ne suis pas sûre de vous suivre.

Je maudis le léger tremblement de ma voix, l'incertitude palpable dans mes derniers mots. Le buste penché en avant, Emrys me dévisageait avec intensité. Un éclair de panique me fouetta la colonne vertébrale. Une partie de lui était-elle en train de me percer à jour ?

– Une mission épineuse repose sur vos frêles épaules, précisa-t-il en rangeant les mains dans son dos. La cour ne changera pas facilement d'opinion au sujet de la maison Pyrrha. Aussi louable soit-il, votre dévouement envers votre famille vous imposera des sacrifices.

– Je vois exactement ce que vous voulez dire, approuvai-je sans réfléchir.

Je ne compris pas tout de suite la source de mon malaise, ni la raison pour laquelle mes yeux me brûlaient autant. Puis, l'évidence me frappa de plein fouet. Le meurtrier de mes parents venait de résumer ma situation en quelques mots. Ses paroles avaient beau être destinées à Callie, elles se rapprochaient un peu trop de la réalité. Mes dieux m'avaient attribué un don aussi merveilleux que lourd à porter. J'étais prise au piège de ma propre destinée, enfermée dans un dessein qui me dérobait mon humanité. Engagée dans une vengeance dont je risquais de ne pas sortir vivante.

– Callie ? chuchota mon ennemi d'un ton inquiet. Vous ai-je offensée ?

Sa voix me tira de ma rêverie. Je tressaillis en entourant mon corps de mes bras. La veste du duc de Pellias ne suffisait pas à réchauffer mon âme effrayée.

– Tout va bien, le rassurai-je d'un ton inexpressif. Dites-moi plutôt pourquoi vous m'avez amenée ici.

CHAPITRE 9

EMRYS.

Pris de court, je levai une main distraite au-dessus de Fury. En face de moi, la débutante venait de blêmir encore plus. Je réprimai un soupir, n'osant pas imaginer ce qui se déroulait dans ses pensées. Elle nourrissait peut-être la crainte insensée que je lui passe ma fidèle épée en travers du corps. En temps normal, intimider mes interlocuteurs me procurait une satisfaction incommensurable. Cette nuit cependant, je me sentais plus contrarié qu'autre chose.

Mon regard se perdit dans la contemplation du labyrinthe, qui s'ouvrait sur un long tunnel de glycines bleues et blanches. Au fil des années, j'en avais mémorisé les recoins les plus capricieux. Il m'était arrivé de flâner entre ses haies jusqu'à en avoir le tournis. Je ne comptais pas le nombre de fois où je m'étais servi de ce lieu comme échappatoire. Après mon couronnement, c'était le premier endroit où je m'étais réfugié afin de donner libre cours à mon émotion. Ses dédales alambiqués me faisaient me sentir en sécurité, à l'abri de la curiosité des autres. Une fois que je m'enfonçais à l'intérieur, je savais que personne ne serait en mesure de me retrouver. J'étais d'autant plus confus que Paris lui-même avait rarement droit à de telles confidences. Horrifié, je me rendis compte qu'une parfaite inconnue commençait à affaiblir mes défenses. J'allais devoir me rattacher à ma prudence pour ne rien laisser échapper de compromettant. Callie avait beau paraître différente de ses congénères, je ne pouvais pas relâcher ma garde.

Situé dans un périmètre reculé du palais, le labyrinthe offrait plus d'intimité que les jardins dont raffolaient les courtisans. Dès la minute où nous avions posé le pied à l'extérieur, j'avais pensé qu'un peu de discrétion nous conviendrait. Je n'avais nulle envie d'être épié ou d'éveiller des rumeurs sans fondement. La réputation de la jeune femme ne tenait déjà qu'à un fil. Si cette promenade nocturne s'ébruitait, les dames de la cour risquaient de s'en donner à cœur joie.

Je reportai mon attention sur Callie. Son dos raide me faisait penser à la corde d'un arc de chasse. On aurait dit qu'elle se préparait à prendre ses jambes à cou. Soudain, je me surpris à m'intéresser à ses lèvres. Ma gorge s'asséchа lorsque je remarquai leur aspect pulpeux et symétrique. Bien que dépourvues de fard, elles étaient traversées d'un rouge subtil, semblable à la couleur des groseilles. Leur perfection était une ode aux baisers, une promesse de passion. Cette réflexion me fit retomber sur terre, et je me sermonnai intérieurement pour mon manque de bon sens.

– Vous avez raison, laissai-je tomber d'un ton glacial. Venir ici était une erreur. J'aurais dû vous ordonner de rejoindre vos appartements sur-le-champ.

– Votre Majesté ? balbutia-t-elle, confuse.

Ses yeux sombres se posèrent une seconde fois sur la lame de Fury. J'en venais à me demander si elle n'était pas tentée de me la dérober pour l'utiliser contre moi. Avec une pointe d'humour noir, je songeai à quel point ce serait amusant de la voir essayer.

– Pardonnez-moi, soupirai-je en me pinçant l'arête du nez. J'ose espérer ne pas avoir outrepassé mes droits en vous conviant à cette escapade. Le duc de Pellias est mon meilleur politicien, mais il ne possède aucun discernement en ce qui concerne les convenances.

– Je l'ai au contraire trouvé très sage, marmonna-t-elle.

Je ne pus réprimer mon sourire en coin.

– Je suis certain qu'il sera ravi de l'entendre, répliquai-je. Il faut dire qu'étant donné la bêtise des autres, la concurrence n'est pas rude.

Callie laissa échapper un petit rire. Le son, aussi doux que celui produit par un carillon à vent, eut sur moi l'effet d'une caresse. Ses pommettes se teintèrent d'un rose insouciant. Je joignis mon hilarité à la sienne, mais ce moment volé prit fin trop vite à mon goût. La jeune femme s'interrompit en plissant le front, comme rappelée à l'ordre par un signal que je n'étais pas en mesure de saisir. Reprenant mon sérieux, je bombai le torse en vérifiant que nous étions toujours seuls. Je n'étais pas rassuré à l'idée qu'on puisse se méprendre sur la nature de la scène. Un garde de passage ou un noble indiscret risquait de confondre mon exceptionnelle gentillesse avec de la malhonnêteté. Il serait trop facile de figurer que j'avais délibérément attiré Callie à l'écart. Si personne n'oserait me faire de reproche, je refusais de la jeter en pâture à ceux qui avaient banni son grand-père de la société mondaine. Il était grand temps de conclure cette soirée.

– Je crains avoir du travail à rattraper, mentis-je à contrecœur. Saurez-vous retrouver votre chemin jusqu'au palais ?

– Ne vous inquiétez pas pour moi, Sire, répondit-elle. Je me sens beaucoup mieux.

La jeune femme ramena ses cheveux sur une épaule, puis commença à se détourner. À la dernière minute, je la retins par le coude. Elle tressaillit d'étonnement, puis me retourna un sourire avenant.

– J'ai une faveur à vous demander, lâchai-je en me sentant plus nerveux que de coutume. Me réserverez-vous votre première danse au bal de Séléné ?

***

D'humeur plus légère, je gravis les dernières marches qui menaient à mes appartements. Callie Pyrrha n'était pas la seule à avoir besoin d'une nuit de sommeil réparateur. Le pied traînant, je traversai le couloir en étouffant un bâillement à grand-peine. Je ne remarquai pas tout de suite qu'une ombre faisait les cent pas plus loin. Une fois roi, mon premier réflexe avait été de congédier les gardes désireux de surveiller ma chambre à toute heure. En plus d'accorder une grande importance à mon intimité, j'avais foi en mes compétences. Aucune menace ne faisait le poids face à la dextérité avec laquelle je maniais une arme.

Mes cinq sens se mirent en alerte lorsque j'approchai de la double-porte en bois massif. Une anxiété extrême transparaissait dans la posture de Hero Avir. Les épaules crispées, il s'agitait en serrant et desserrant les poings.

– Votre Majesté ! s'exclama-t-il en m'apercevant. Une affaire urgente requiert votre attention.

Je lui intimai de poursuivre, parfaitement réveillé. Un sentiment d'horreur me glaçait les sangs. Je n'avais jamais vu le garde dans un tel état. En temps normal, il était aussi solide et inébranlable que la roche des falaises de Norwich. Son affolement ne m'inspirait rien de bon, mais j'étais déterminé à tout affronter la tête haute.

– Calmez-vous, Hero, exigeai-je. Vous êtes un membre estimé de la Garde royale, pas une poule mouillée !

Ma réprimande le fit tressaillir, et une grimace contrite tordit ses traits. Dans la pénombre, sa cicatrice était réduite à une marque crayeuse.

– Vous êtes attendu au donjon, Sire, m'informa-t-il d'une voix mesurée. Nous avons intercepté un homme dangereux au sud-ouest du pays, suite au signalement de certains villageois. Nombre d'entre eux ont été témoins de... phénomènes inexpliqués.

– Voyez-vous cela, murmurai-je pour moi-même.

Je joignis le bout des doigts en comptant mes inspirations. Le regard gris de Hero fouillait prudemment mon visage. À la recherche d'instructions ou d'un futur déferlement de rage, cette dernière option étant la plus probable. Une fois certain de ne pas réagir au quart de tour, j'ajoutai :

– Qu'essayez-vous de me dire, au juste ?

– Il semblerait qu'un païen ait réussi à se mêler à la population Khilanienne pour un temps, révéla le jeune homme d'un ton hésitant. Par chance, il a été démasqué avant de causer des dommages.

Abandonnant mes bonnes résolutions, je l'empoignai par le col et le plaquai contre un mur. Le lendemain, un bel hématome ornerait sans doute l'arrière de son crâne. Hero ne chercha pas à se défendre, il se contenta d'émettre un sifflement de douleur. Ses bras robustes ne firent pas mine de bouger. J'avais vu juste à son sujet. Le garde Avir était habitué à subir des traitements désagréables. Pendant une fraction de seconde, une pointe de culpabilité faillit prendre le pas sur ma colère. J'étais conscient de me montrer injuste envers lui. Hero n'était en aucun cas le maître du jeu, il ne faisait qu'obéir aux ordres. Je commettais une erreur de débutant en m'en prenant au messager. Malheureusement pour lui, c'était plus fort que moi. J'avais besoin de déverser ma frustration sur quelqu'un.

– Je croyais que la question des Cidiens à la frontière était en passe d'être réglée ! aboyai-je. La bouche en cœur, vous me l'avez assuré il y a à peine une semaine. Je suis votre roi, Avir. Quand je soulève un problème, je m'attends à ce qu'il soit résolu. Vous et les autres feriez mieux de ne pas l'oublier.

Il ne répondit pas, la nuque penchée en avant sous le poids de la honte. Je le lâchai en poussant un soupir exaspéré. Après avoir si bien commencé, ma soirée tournait au cauchemar. Un Cidien, sorcier de surcroît, avait réussi à se faire passer pour un paysan de mon royaume. Il était parvenu à tromper les gardes à la frontière, en dépit de leur surveillance acérée, et à se mêler à l'existence saine de Khilan. Je me pris la tête entre les mains en poussant un juron sonore. Combien d'autres hérétiques se cachaient-ils juste sous notre nez ?

– La menace a été appréhendée, Sire, insista Hero d'une voix faible. Le prisonnier recevra le châtiment que vous jugerez adéquat. Nous ne l'avons pas envoyé au bûcher car j'ai pensé que vous aimeriez l'interroger d'abord.

Je pivotai sur mes talons avec un ricanement acerbe. Je ne me retournai pas pour vérifier que le garde me suivait. Tout en me déplaçant d'une démarche vive, j'extirpai Fury de son fourreau. Le son produit par l'acier m'évoqua la plus douce des mélodies.

***

Je détestais le donjon de Catarrias. À l'époque la plus sombre de Khilan, cet édifice carcéral avait abrité bien des horreurs. Ses cellules lugubres étaient destinées aux détenus les plus dangereux. Avant la signature du traité de paix, les otages Cidiens y étaient torturés sans la moindre pitié. Compte tenu des circonstances actuelles, je n'avais aucun mal à imaginer l'histoire se répéter. Une odeur nauséabonde me fit plisser le nez à l'entrée des cachots. La torche de Hero diffusait une lueur tremblante autour de nous.

– Il est dans la cellule du fond, Sire, murmura le garde d'un air tendu.

Les traits figés, je serrais le pommeau de mon épée si fort que ma main m'élançait. J'essayais tant bien que mal d'imiter la posture du roi Damian en situation de crise. Les pieds solidement campés au sol et le regard rivé droit devant lui. D'un moment à l'autre, j'allais me retrouver confronté à un criminel de taille. Le pire auquel j'avais eu affaire en deux ans de règne. Toute cette histoire avait des relents de mise à l'épreuve. J'avançai en silence dans le couloir désert aux murs maculés de taches de sang séché. Nos prisonniers habituels étaient enfermés dans une aile différente. Les voleurs et assassins de Khilan représentaient un moindre fléau comparés aux sorciers.

Des sanglots et supplications me parvinrent bientôt aux

oreilles. Je ravalai mon dégoût en continuant ma progression. Deux gardes lourdement armés m'offrirent une révérence en m'apercevant.

– Vous devriez rester à bonne distance des barreaux, Votre Majesté, me conseilla l'un d'eux.

– Je ne suis pas un pleutre, ripostai-je catégoriquement. C'est à moi de montrer l'exemple, et je ne fuirai pas face à cet hérétique.

Son expression troublée trahissait son envie de protester, mais il s'écarta en inclinant la tête. Mes pas me conduisirent jusqu'à la cellule exiguë. Les muscles bandés, je m'arrêtai face aux barreaux rouillés. Je distinguai une silhouette prostrée sur le sol crasseux. Le prisonnier se balançait d'avant en arrière en gémissant. Avec un rictus répugné, je fis signe à Hero d'approcher sa torche.

– Debout ! ordonna-t-il d'une voix forte à l'intention du Cidien. Vous êtes en présence du roi Emrys de Khilan. N'aggravez pas votre cas en lui manquant de respect.

Le détenu cessa ses mouvements et resta immobile pendant plusieurs secondes. Un rire chevrotant émana alors de lui.

– Je pourrais lui baiser les pieds que cela ne l'empêcherait pas de m'envoyer au bûcher, riposta sa voix éraillée.

Il ponctua ses paroles d'un crachat par-dessus son épaule. Les gardes derrière moi poussèrent une exclamation furieuse en avançant dans ma direction. Je les en dissuadai d'un geste autoritaire. J'aurais dû me sentir insulté et énervé. Au lieu de cela, mon cerveau était envahi d'un vide abyssal. Seul mon sens de la stratégie pouvait m'aider à désamorcer cette situation.

– J'exige de connaître votre nom, lançai-je d'un ton inébranlable, celui du roi que j'aspirais à être.

Je retins mon souffle en voyant le Cidien déplier ses longs membres. Grognant de douleur, il leva vers moi un visage couvert de suie. Un mélange d'aversion et de crainte luisait dans ses yeux verts. Il était beaucoup moins âgé que ce que j'imaginais. La vingtaine tout au plus. Ses traits arboraient l'air de défi retrouvé chez ceux qui n'ont rien à perdre.

– Pourquoi ? me railla le païen. Histoire d'attaquer ma famille en premier quand Khilan envahira mon pays ?

– J'en conclus que vous êtes seul sur mon territoire, commentai-je, insensible à ses provocations. Vous avez fui en abandonnant vos proches à leur triste sort. Comme c'est déloyal de votre part.

Le jeune homme tressaillit en faisant un pas en avant. J'eus le loisir de mieux le détailler, et je remarquai enfin qu'il boitait. Sa cheville était tordue dans un angle étrange. Une large entaille saignait sur son front. Les gardes royaux n'y étaient pas allés de main morte avec lui.

– Je devais tenter ma chance, chuchota-t-il. Je ne pouvais pas rester les bras croisés pendant que nos vies tombaient en morceaux. Les autres n'ont pas voulu m'accompagner.

– Et à juste titre, répliquai-je d'un ton sec. Mon père avait conclu un accord avec votre défunt roi. Vous êtes l'unique responsable du destin qui vous attend. Votre imprudence frise la bêtise.

– Dans ce cas, finissons-en ! hurla le détenu avec désespoir. Faites-moi exécuter et qu'on n'en parle plus. La mort est préférable à une vie régie par la peur et la ruine.

Son insolence me piqua au vif. Je sentais le regard inquisiteur de Hero me vriller la nuque. Les trois gardes attendaient mes ordres, désarçonnés par mon attitude. Dans ma main, Fury avait soif de sang. Je la rangeai brusquement dans son fourreau. Mieux valait éviter que mes pulsions meurtrières prennent le pas sur mon ébauche de plan. Mon geste arracha un sursaut d'incertitude au détenu.

– Je n'en crois pas un mot, me moquai-je. Vous brûlez d'envie de vivre. Inutile de prétendre le contraire.

Je marquai une pause pour lui donner le temps d'assimiler mon sous-entendu. Le Cidien ouvrit des yeux ronds en s'accrochant aux barreaux. Ses jointures éraflées blanchirent sous la pression.

– Je peux choisir de vous épargner, continuai-je. Il vous suffit de me convaincre.

Même s'il ne dit rien, Hero se raidit à côté de moi. Du coin de l'œil, je le vis échanger un regard interloqué avec ses collègues. Je regrettais l'absence de Paris, qui aurait compris ce que j'avais à l'esprit.

– Vous convaincre ? bégaya l'hérétique.

Le coin de ses lèvres tremblota. Il se redressa avec indécision, l'air de se demander quel piège je m'apprêtais à lui tendre. Un espoir teinté de méfiance faisait miroiter ses prunelles.

– J'ai l'intuition que vous n'êtes pas qu'un simple citoyen de Cidia, décrétai-je tranquillement. Pour échapper aux sentinelles de mon royaume, vous avez dû recourir à des ressources non négligeables. Les mêmes auxquelles n'avaient pas accès vos semblables moins chanceux.

– Que… qu'attendez-vous de moi ? bafouilla-t-il.

Je ne pus retenir un sourire sardonique en constatant que le poisson mordait à l'hameçon.

– Commencez par me dire votre nom, répondis-je. Je verrai ensuite comment vous pouvez m'être utile.

Son visage perdit le peu de couleur qu'il lui restait. Un combat déchirant semblait se dérouler à l'intérieur de son âme. Je crus un moment qu'il s'apprêtait à décliner mon offre.

– Je m'appelle Owen, murmura-t-il, vaincu. Owen Calbell.

CHAPITRE 10

PHOEBE.

Le soleil se levait à peine lorsque Vittoria entra dans ma chambre. Roulée en boule dans mon lit, je la regardai s'approcher de moi à pas feutrés. J'avais fait de mon mieux pour nettoyer les vestiges de mon malaise nocturne. Je ne tenais pas à piquer la curiosité d'une femme de chambre trop bavarde. Encore moins à devoir avaler une décoction au goût détestable. Si je me sentais beaucoup mieux sur le plan physique, une extrême confusion régnait toutefois dans mon esprit.

– Êtes-vous indisposée, Votre Altesse ? s'enquit Vittoria en s'asseyant au bout du matelas.

Une tension sous-jacente faisait vibrer sa voix. Ses yeux se promenèrent sur la pièce, s'attardant sur mes chaussons couverts de poussière. La veste du duc de Pellias était abandonnée dans un coin. J'espérais la lui rendre discrètement dès que possible.

– La nuit a été rude, chuchotai-je.

– Dois-je en conclure que tout ne s'est pas bien passé avec votre sœur ?

– L'Entre-deux a été détruit, avouai-je avec un frisson d'horreur. J'ai pu me réveiller avant que la situation prenne une tournure trop dangereuse. En revanche, je crains qu'Astoria ait été blessée.

Son visage blêmit. Vittoria joignit les mains sur ses genoux, l'air de réfléchir à mes paroles. Son bref silence mit mes nerfs à rude épreuve. Je voulais à tout prix savoir ce qui l'inquiétait en priorité. L'origine de la disparition de l'Entre-deux. Ou la perspective du malheur d'Astoria, reine et protectrice de Cidia.

– Il est envisageable que Son Altesse ait subi une agression durant son sommeil, présuma mon amie d'un ton hésitant. Cela expliquerait la rupture brutale de votre contact. Nous craignions depuis longtemps une dégradation de la sécurité au palais de Sunscar. Astoria Alcyon est cernée de loups sanguinaires. Ne nous voilons pas la face en prétendant le contraire.

Sa franchise me coupa le souffle, tout en me rappelant les terribles nouvelles que j'avais à lui annoncer. Même si elle n'en laisserait rien paraître, j'étais persuadée qu'apprendre l'incendie du temple d'Adis serait une épreuve difficile. C'était son lieu de naissance et celui où sa mère avait officié en tant que Grande Prêtresse.

– Toutefois, il est inutile de s'affoler, continua Vittoria en se méprenant sur mon air affligé. Ce fâcheux évènement n'est probablement qu'une conséquence de la malédiction des dieux. La magie de Cidia s'affaiblit de jour en jour. Cela doit se répercuter sur la capacité des habitants à user de leurs dons.

Je tressaillis et me pris la tête entre les mains. Cette théorie à double tranchant m'avait traversé l'esprit, mais je l'avais vite rejetée. D'un côté, elle impliquait qu'Astoria soit en parfaite santé. De l'autre, elle insufflait un sentiment d'urgence à ma mission. Le sang appelait le sang. Cidia ne retrouverait sa gloire qu'une fois le régicide de mes parents anéanti. Tôt ou tard, mes lèvres aspireraient la vie hors de celles d'Emrys. Cela apaiserait à la fois ma soif de vengeance et le courroux de nos treize divinités face à ce crime injurieux.

Notre rencontre de la veille me semblait encore irréelle. J'avais entrevu un aspect méconnu du souverain. Une fragilité que ses sujets étaient loin de soupçonner. Emrys m'avait offert une ouverture inespérée, que le bal de Séléné promettait d'élargir. Cette proximité serait l'aubaine dont je devrais profiter. Mon manque d'expérience en la matière ne faisait pas de moi une ignorante. J'avais une petite idée des intentions du roi envers Callie Pyrrha. Je savais que Ceasis, déesse des amants et des unions, ne me reprocherait pas ce que je m'apprêtais à faire. Alors, d'où provenait le creux béant dans ma poitrine ?

– J'ai l'intuition que quelque chose d'autre vous tracasse, reprit Vittoria en étudiant mes traits avec attention. Une question qui n'a aucun rapport avec Cidia et votre sœur.

Mon cœur rata un battement, et je pris soin d'éviter son regard interrogateur. J'étais certaine qu'elle suspectait tout ce que je lui taisais. Je n'étais pas dérangée qu'elle comprenne que j'avais quitté ma chambre en pleine nuit. Je redoutais seulement qu'elle devine qui j'avais croisé. J'étais de plus en plus perturbée par ma propre attitude. Je ne savais pas ce qui me poussait à lui faire des cachotteries. Vittoria était ma seule alliée au milieu de ce repaire de fauves. Elle m'apportait son aide et sa protection. Je devais la tenir au courant de mon avancée. Pourtant, ma langue refusait de coopérer avec ma raison.

Désireuse d'orienter la conversation vers un sujet moins épineux, je lançai à brûle-pourpoint :

– Que savons-nous de Paris de Pellias ? Il détient un poids non négligeable à la cour.

Cet homme partageait une complicité intrigante avec Emrys. Vittoria plissa légèrement les paupières en relatant :

– Le duc est au centre des discussions depuis son retour. J'ai entendu beaucoup de choses à son propos ces derniers jours. C'est un personnage très dangereux, doté d'une réputation nébuleuse. Je crois savoir qu'il était présent lors de la signature du traité de paix entre Cidia et Khilan. Aujourd'hui, il paraît que c'est la seule personne susceptible d'influencer le roi Emrys.

Mon amie marqua une courte pause avant de renchérir :

– Je vous conseillerais d'éviter de croiser son chemin, Votre Altesse. Le duc de Pellias pourrait sans nul doute contrecarrer tous nos plans. Les individus comme lui ont toujours une longueur d'avance sur les autres. Sa présence constante n'augure rien de bon.

Trop tard, songeai-je avec angoisse. La gorge nouée, je me forçai à acquiescer en y mettant une conviction suffisante. Mon sentiment de culpabilité redoubla d'intensité lorsque je vis le visage de Vittoria s'assombrir.

– Qu'y a-t-il ? m'inquiétai-je.

– Puisque vous avez évoqué le sujet, soupira-t-elle avec réticence, je dois vous dire ce que j'ai appris à propos du roi Damian. Hier soir, j'ai fait l'effort de me joindre à d'autres demoiselles de compagnie. Elles résident au palais depuis plusieurs années et ont assisté à l'ascension d'Emrys Hartless. Accorder du crédit aux racontars des courtisans n'est pas toujours judicieux, mais peut parfois s'avérer utile. Après tout, il n'y a pas de fumée sans feu.

– Je suis du même avis, concédai-je, la poitrine serrée.

– La maladie du roi Damian a plongé la cour dans un désarroi compréhensible. C'était une période de grand trouble et d'incertitude sur le plan politique. Personne n'était sûr de la marche à suivre. Les nobles cherchaient à identifier l'origine du mal de leur monarque. Les rumeurs se multipliaient au détour des couloirs. Sans l'intervention du duc de Pellias, toute cette affaire aurait facilement pu dégénérer.

Par habitude, je cherchai à puiser du réconfort auprès de mon médaillon. Ma main se referma néanmoins sur du vide, et je la laissai retomber. En revenant de ma promenade avec Emrys, mon premier réflexe avait été de retirer le bijou. Il gisait à présent dans la penderie, sous une pile de robes aussi extravagantes que laides.

– Damian était doté d'une santé de fer, poursuivit mon alliée. Il était encore jeune et rien ne le prédisposait à ce regrettable sort. Je suis avant tout troublée par le silence énigmatique qui entoure son sommeil. Le médecin royal se perd en conjectures depuis deux longues années. C'est pourtant le meilleur du royaume. Avec leurs sels et herbes, les apothicaires appelés à la rescousse ne se sont pas montrés plus compétents.

– Se pourrait-il que Damian ait été empoisonné ? conjecturai-je. Le souverain avait beau être aimé de son peuple, cela ne l'empêchait pas d'avoir des ennemis. La dynastie Hartless doit avoir des détracteurs cachés dans l'ombre.

Vittoria pinça les lèvres en secouant la tête :

– Face à l'insistance des aristocrates, certains membres du conseil privé ont essayé de mener leur propre enquête. Selon mes sources, ils soupçonnaient le médecin royal d'agir de connivence avec Paris de Pellias. Ne laissez pas sa désinvolture vous leurrer, Votre Altesse. Même s'il clame être différent de ses pairs, le duc a plus d'un atout dans sa manche. Son pouvoir s'étend au-delà des limites de Khilan.

– Paris serait directement impliqué ? m'étonnai-je. Devons-nous envisager qu'il dissimule la vérité au sujet du monarque ? Avec la complicité des guérisseurs ?

– Pas exactement, répliqua-t-elle. Une rumeur plus grave courait à l'époque. On accusait le prince Emrys d'avoir empoisonné le sang de son père afin de faire main basse sur le trône. Cependant, son jeune âge n'écartait pas la possibilité d'avoir été manipulé par le duc.

Je bondis sur mes pieds et me mis à arpenter la chambre de long en large. Les rouages de mon cerveau tentaient désespérément de s'activer. Au lieu de cela, je ne pouvais penser qu'aux insupportables prunelles d'Emrys. Elles dansaient dans mon esprit à l'instar de flammes bleues. Je ne comprenais pas ce qui m'arrivait. Si ça continuait, je n'allais pas tarder à me sentir de nouveau nauséeuse.

– Le sommeil prolongé de Damian serait donc une sorte de coup d'État ? formulai-je d'une voix blanche.

– C'était ce qui se disait à l'époque, affirma Vittoria, les épaules affaissées. Tout est devenu plus suspect lorsque le duc s'est assuré de contourner la question d'une régence potentielle.

La reine Kassandre était d'ailleurs pressentie pour le rôle. Khilan avait besoin d'un roi, fonction que Damian n'était plus en mesure d'assurer. Emrys a été couronné en dépit des soupçons qui pesaient sur lui.

– Soupçons dont on n'entend plus parler aujourd'hui, fis-je remarquer avec amertume. Les femmes avec qui tu t'es entretenue ont pris beaucoup de risques en te rapportant tout cela. À moins de vouloir aller à la potence, nul ne porterait d'accusation contre le nouveau roi.

Vittoria poussa un lourd soupir en se passant une main dans les cheveux.

– Je ne suis pas convaincue par ces bruits de couloir. Emrys lui-même en ignore tout, le duc de Pellias aura fait en sorte de le protéger de la bassesse des nobles. Commanditer le meurtre de ses ennemis est une chose. Mettre son propre père hors d'état de nuire en est une autre. Je ne prétends pas qu'il en serait incapable. Loin de moi l'envie de le défendre. Je crois juste qu'il devait être moins redoutable en tant que prince héritier. Le poids de la couronne endurcit le cœur des hommes.

Le menton dans la main, la Cidienne observa un silence méditatif.

– Très bien, lâchai-je. Que serait-il arrivé au roi Damian d'après toi ?

– Adis seul le sait, riposta-t-elle. Mon instinct me souffle que la vérité est plus sombre qu'un simple empoisonnement. Catarrias abrite une noirceur considérable. Je la ressens au plus profond de mon être, et pas seulement car nous sommes en territoire ennemi. Une ombre planait au-dessus de la maison Hartless bien avant l'assassinat de vos parents.

La respiration de nouveau désordonnée, je m'arrêtai près de la fenêtre. La lumière rouge de l'aurore commençait à envahir la pièce.

– Voilà qui est révélateur, chuchotai-je. Emrys ne reçoit que des hommages en public, mais sa position s'avère plus fragile qu'en apparence. Il est sur la sellette presque autant qu'Astoria. Derrière une soumission de façade, les nobles restent aux aguets de ses faits et gestes…

CHAPITRE 11

PHOEBE.

Chaussée de souliers inconfortables, je m'efforçais de marcher droit jusqu'au boudoir de la reine Kassandre. Un petit-déjeuner en compagnie des débutantes ne risquait pas d'améliorer mon humeur. Mon corps était tout endolori à cause de ma nuit blanche, dont je n'avais toujours pas parlé à Vittoria. Pendant qu'elle m'aidait à m'habiller, je lui avais rapporté l'assaut sur le temple d'Adis. Comme je m'y attendais, mon amie était restée digne. Elle s'était contentée d'achever sa besogne dans un mutisme complet. Je n'avais pas osé lui rapporter la méfiance d'Astoria à l'égard d'Asher Calbell. Elle avait suffisamment de mauvaises nouvelles à encaisser. Juste avant de refermer la porte de ma chambre, elle avait laissé échapper un sanglot étouffé.

Mon entrée dans le boudoir passa inaperçue. Installées sur des divans en velours, des jeunes filles de la bonne société bavardaient avec animation. Je manquais tellement de sommeil que leurs voix m'agressèrent aussitôt les oreilles. Je sondai la pièce à la recherche d'une place/d'un coin tranquille. Près des boiseries murales aux tons clairs, une table offrait toutes sortes de victuailles. Je m'en approchai à pas de loups. L'estomac encore chamboulé, je me servis une tasse de thé. C'était la seule boisson de Khilan qui trouvait grâce à mes yeux. Je pris soin d'ignorer les gâteaux à la crème et autres fruits à la chair colorée.

Je venais de boire une gorgée lorsque la rumeur des

conversations s'évanouit. Talonnée par trois dames de compagnie, la reine Kassandre passa le seuil de la porte. Un diadème en or blanc mettait en valeur les reflets argentés de son épaisse chevelure. Les motifs floraux du bijou étaient assortis à la broderie sur le corsage de sa robe. Je posai ma tasse à regret, puis me joignis aux autres pour une révérence. Je vérifiai au passage qu'aucune mèche brune ne dépassait de ma coiffure. Ce matin, je n'avais pas la force d'essuyer une remarque sur mon apparence.

– Je vous en prie mesdemoiselles, lança Kassandre avec un sourire gracieux, n'interrompez pas votre repas.

Sa phrase déclencha quelques remerciements nerveux. Nous n'osâmes pas nous asseoir avant qu'elle eût rejoint son siège habituel. Ce rituel avait lieu au moins trois fois par semaine. L'épouse du roi Damian tenait à accorder de son temps à ses prometteuses débutantes. Dans son esprit, l'une d'elles lui succéderait dans un avenir proche. En général, Kassandre se contentait d'échanger des messes basses avec ses suivantes. D'autres jours, elle participait activement aux bavardages des jeunes femmes. Dans les deux cas, je ne prenais la parole que si on s'adressait à moi. Aujourd'hui, j'avais la malheureuse impression que Sa Majesté était d'humeur loquace.

– Le bal de Séléné approche à grands pas, déclara-t-elle d'un ton complice. J'espère que vos préparatifs avancent comme vous le souhaitez.

– On ne peut mieux, Votre Majesté, répondit Alison Niklaus avec empressement. Mon maître-à-danser a pris soin de m'enseigner les derniers pas à la mode !

Des murmures appréciateurs accueillirent sa déclaration. Fille de vicomte, Alison était toujours la première à engager la conversation avec la reine. Elle était à la fois réputée pour sa beauté et sa tendance à graisser la patte de la famille royale. En somme, c'était la jeune femme parfaite selon les idéaux de Catarrias.

– Excellente initiative, la complimenta Kassandre. Ce sera sans conteste l'une des soirées les plus importantes de votre jeunesse. Inutile toutefois d'avoir la moindre appréhension. Je tiens avant tout à vous voir apprécier les festivités.

Ses yeux verts emplis d'excitation, Alison se fendit d'un sourire béat. Dans mon fauteuil, je luttais pour ne pas m'assoupir. Je faillis sursauter en entendant la reine s'adresser à moi d'une voix douce :

– Qu'en est-il de vous, Callie ?

Je me redressai en arborant une expression plus alerte. Tous les regards convergèrent vers moi. Je toussotai avec nervosité.

– Je suis impatiente d'y être, prétendis-je.

– En cas de besoin, reprit Kassandre, je suis certaine que vos camarades seront ravies de vous porter assistance.

Je compris à quoi elle faisait allusion avec un instant de retard. Je réprimai un soupir exaspéré en voyant Alison se pencher dans ma direction.

– Cela va de soi ! s'exclama-t-elle d'un ton sournois. Je suppose que vous n'avez pas encore eu l'occasion de vous familiariser avec les danses en vogue à la cour. Les rondes populaires des paysans de Ravenmist ne sont pas ce que nous préférons ici.

Je faillis rouler des yeux. La fille du vicomte était la première à me réserver une attitude hautaine et à chuchoter sur mon passage. S'attendait-elle réellement à ce que je tombe dans son piège ? Sa proposition de me venir en aide n'était rien d'autre qu'un subterfuge visant à me ridiculiser. À creuser un peu plus l'écart entre la misérable héritière Pyrrha et les aristocrates débordantes de perfection. Mon personnage n'était à leurs yeux qu'une créature exotique. Une source de pitié et d'amusement.

– Je suis touchée par tant de sollicitude, rétorquai-je sur le même ton affecté. Pourtant, je pense que je m'en sortirai.

– Je n'en doute pas, intervint la reine. Callie n'a peut-être pas bénéficié d'autant de chance que vous autres, mais je suis convaincue qu'elle apprendra vite.

– Je vous remercie, Votre Majesté, murmurai-je en dissimulant ma surprise.

Les traits délicats d'Alison se figèrent. J'étais aussi stupéfaite qu'elle de voir Kassandre me manifester une telle bienveillance. Cette grande dame réagirait différemment en apprenant qu'Emrys désirait m'avoir comme partenaire de danse. Il y avait des limites à la compassion qu'on montrait à une orpheline.

– Comme vous le savez, Séléné Hartless fut la première reine consort de Khilan, poursuivit Kassandre, indifférente au malaise. J'ai à cœur de perpétuer son héritage tous les ans, et c'est une tâche que je lèguerai à la plus chanceuse d'entre vous. Certaines traditions sont destinées à traverser les âges.

Sa voix solennelle mourut subitement sur ses lèvres. La lourde porte du boudoir venait de s'ouvrir à la volée. J'entendis les débutantes pousser des hoquets embarrassés en bondissant sur leurs pieds. Les suivantes de la reine s'accroupissaient déjà face à la silhouette debout sur le seuil. Perdue, je réagis avec plusieurs secondes de retard. En jaillissant ainsi, le nouveau venu brisait toutes les directives du protocole.

Le visage lisse, Emrys entra dans le boudoir d'un pas preste. Je fléchis les genoux en relevant les pans de ma robe couleur prune. À la vue du monarque, une désagréable sensation se répandit au creux de mon ventre. Je me demandai un moment si un essaim de guêpes ne s'était pas envolé du creux de mes entrailles. Décontenancée, je choisis de mettre tout cela sur le compte de la peur. L'allure paisible d'Emrys était contredite par les éclairs que lançait son regard.

– Mesdemoiselles, nous salua-t-il avec un signe du menton.

Je relâchai mon souffle en constatant qu'il ne m'accordait aucune attention particulière. Le jeune homme se planta face à Kassandre. Peu impressionnée, cette dernière redressa la poitrine d'un air de défi.

– Vous n'aviez pas le droit de pénétrer dans cette pièce sans mon autorisation, Sire, déclara-t-elle sans élever la voix.

– Je n'avais nulle intention de vous brusquer, madame, riposta le roi sur un ton qui suggérait tout le contraire. Je dois m'entretenir avec vous sans attendre. Je suis certain que ces charmantes jeunes filles ne m'en voudront pas.

Il ponctua ses paroles d'un rictus malicieux. Les concernées se hâtèrent d'acquiescer. Seule Alison afficha une infime hésitation. Sous une peau dorée, un afflux de sang embrasait ses joues. Son regard indécis se promenait entre Kassandre et Emrys. Je notai que la dynamique du duo était moins décontractée que lors de ma présentation. Ce n'était plus une conversation entre une mère et un fils impertinent. C'était celle d'un roi et de son sujet. Car Kassandre ne conservait son titre de reine que par respect envers la situation exceptionnelle de son époux. Puisque la régence lui avait échappé, elle ne disposait d'aucun pouvoir sur le nouveau souverain.

– De plus, ajouta Emrys, les règles ne sont établies que pour le plaisir d'être brisées. Je suis persuadé de ne pas être le seul à vouloir bousculer un peu l'étiquette.

Je serrai les mâchoires pour ravaler une exclamation mortifiée. J'aurais pu croire que sa dernière réplique, accompagnée d'un sourire entendu, m'était dédiée. La reine pinça les lèvres en une ligne sévère. Derrière un air imperturbable, son teint livide trahissait une colère froide. Hélas, le besoin de conserver les apparences l'emportait sur celui de riposter. Emrys savait que sa belle-mère préférait courber l'échine plutôt que de faire une scène.

– Très bien, capitula Kassandre en croisant les bras. Veuillez m'excuser, mesdemoiselles. Il semblerait que vous deviez continuer sans moi.

Elle mit de l'ordre dans ses énormes jupons avant de se diriger vers la porte. Je la vis secouer la tête lorsque ses dames de compagnie firent mine de la suivre. Amplement satisfait, le souverain lui emboîta le pas. De peur de croiser son regard magnétique, je pris soin de garder la tête baissée. Je sus qu'il avait quitté le boudoir en sentant la tension redescendre d'un cran. Le poids dans mes poumons s'allégea. Je me laissai retomber dans mon fauteuil pour reprendre mes esprits. Autour de moi, les autres commentaient déjà la scène.

– C'est la première fois qu'un homme met les pieds ici sans consulter la reine, marmonna Alison. Aussi inconvenant que ce soit, le roi devait avoir ses raisons d'agir ainsi.

– Il n'empêche que je suis curieuse de savoir ce qui est si pressant, souffla une jolie rousse dont je n'avais pas retenu le nom. Serait-ce en rapport avec la guerre qui se profile à l'horizon ?

Cette question provoqua un échange de regards offusqués. Je tendis l'oreille, le cœur battant la chamade.

– Allons Sybille ! la morigéna la fille du vicomte Niklaus. Prends garde à ce qui sort de ta bouche. Ne crains-tu pas d'attirer le malheur sur nous ?

– J'ai entendu mon père en parler la dernière fois, protesta Sybille d'une voix faible. Il paraît que le dirigeant de notre armée prévoit d'attaquer Cidia, mais que Sa Majesté l'en empêche.

– Il suffit ! siffla Alison d'un ton plus sévère. Rien n'est plus laid qu'une femme qui s'intéresse à la brutalité des questions politiques.

Ces préjugés ridicules me firent serrer les poings sous les plis de ma jupe. La reine Calliopée avait souvent eu son mot à dire en ce qui concernait les conflits du royaume. Mon père accordait une grande importance à son opinion. J'eus beau anticiper la suite de la conversation, je m'exhortai au calme quand Alison se remit à parler :

– On m'a raconté des horreurs concernant les femmes de Cidia, décréta-t-elle. En plus de pratiquer la sorcellerie, elles sont d'une vulgarité immuable ! Toujours vêtues avec trop de légèreté et impliquées sur le champ de bataille. Ce n'est pas étonnant de voir leur pays s'enfoncer dans la misère.

– Cidia est un très ancien royaume, fondé il y a de cela neuf siècles, répliqua Sybille avec hésitation. Khilan existe depuis à peine trois-cents ans. N'est-ce pas la preuve qu'on peut accomplir de grandes choses en cessant d'enfermer les femmes dans des cages dorées ?

– Elle a complètement perdu l'esprit, murmura la fille d'un marquis.

Alison se couvrit la bouche d'une main en lançant un regard alarmé aux suivantes de Kassandre. Même si elles nous ignoraient, c'était loin de signifier qu'elles n'écoutaient pas cet échange. La pauvre Sybille semblait déjà regretter sa franchise. Son visage était aussi rouge que la racine de ses cheveux. Dans une vie différente, nous aurions pu devenir amies.

– Ces sottises viennent de me faire perdre l'appétit, grommela Alison en fusillant Sybille du regard. Parlons d'autre chose.

La discussion s'orienta vers un terrain inoffensif, et je décidai d'attendre un peu avant de prendre congé. Je ne voulais pas éveiller les soupçons en quittant la pièce juste après la mention de Cidia. Je croisai alors le regard marron de Sybille par-dessus un sucrier en cristal. Elle m'adressa un sourire timide, que je lui retournai.

CHAPITRE 12

EMRYS.

– Était-ce bien nécessaire ? fulmina Kassandre, à l'ombre d'un chêne centenaire. J'apprécie de moins en moins l'autorité que tu essaies de m'imposer. Je t'ai connu quand tu n'étais pas plus âgé qu'Oris, et ton titre de roi n'y changera rien !

Nous étions seuls dans le jardin principal, à l'abri des oreilles indiscrètes. Par chance, il était encore trop tôt pour que les résidents de Catarrias soient tentés de flâner dans la roseraie. Une touffeur insupportable faisait perler de la sueur sur mon front. Je n'avais pas fermé l'œil de la nuit, mais je ne ressentais aucune fatigue. Un feu ardent me gardait concentré sur mes objectifs.

– Je suis navré de t'avoir arrachée à tes jeunes amies, répondis-je en m'efforçant de paraître sincère. Je n'avais pas d'autre choix que de venir te trouver. Cela concerne Oris.

À la mention de son précieux fils, l'expression de la reine s'adoucit. Une ride soucieuse se creusa entre ses sourcils blonds.

– Qu'en est-il de lui ? demanda-t-elle d'un ton inquiet. J'espère qu'il n'est pas malade.

– Oris va très bien, le problème est ailleurs, la rassurai-je avec un haussement d'épaules. Ce matin, j'ai été surpris de recevoir une lettre de sa gouvernante. D'après son contenu, mon frère arrivera à Catarrias dans le courant de la semaine prochaine. Es-tu à l'origine de cette initiative ?

– En effet, confirma-t-elle après un court silence. Oris n'a plus visité la cour depuis la maladie de mon cher Damian. Un bref séjour ne lui fera pas de mal.

– Permets-moi de te contredire, rétorquai-je. Ce n’est pas le moment pour lui d’être exposé aux regards de la société.

Les traits durs, elle se redressa de toute sa hauteur. Courroucé, je compris que la bataille promettait d’être pénible. Contrairement à ce qu’elle s’imaginait, je n’éprouvais pas de plaisir à être en conflit avec Kassandre. Nos rapports avaient connu des bouleversements à l’aube de mon couronnement, mais je ne voulais plus revivre cela. Malgré ses défauts, Kassandre restait ma seule figure maternelle.

– Nous sommes à l›aube d’une période compliquée, expliquai-je avec patience. Catarrias n’est plus un endroit sûr pour un enfant royal. Il faut penser à la position d’Oris dans l’ordre de succession. S’il m’arrive malheur un jour et que Père ne se réveille pas, ce sera à *lui* de reprendre le flambeau de la lignée Hartless.

– Oris sera protégé, allégua-t-elle. Des gardes veilleront sur lui à toute heure. Je ne prévois pas de mettre mon fils en danger, si c’est ce que tu insinues.

– Une escouade de gardes ne suffit pas toujours à contourner une menace. Je crains que faire venir le prince au palais soit un risque trop important. Je ne le permettrai pas.

– *Tu* ne le permettras pas, répéta-t-elle d’une voix glaciale en détachant les syllabes.

– Cela m’attriste au plus haut point, admis-je, mais c’est la meilleure chose à faire.

Une lueur hostile embrasa ses iris. Kassandre recula d’un pas, et un affreux sentiment de culpabilité me prit à la gorge. Je m’empressai de renchérir :

– Oris me manque aussi, nous sommes restés séparés trop longtemps. Même si je ne peux pas me permettre de quitter Catarrias, ta situation est différente. Après le bal de Séléné, tu n’auras qu’à passer quelques semaines au manoir d’Ironwood.

Et puis, Oris s'est habitué à l'air pur de la campagne.

Un rire sans joie s'échappa de ses lèvres.

– Tu ne peux pas interdire la venue d'Oris. Pas même sous prétexte de vouloir le préserver.

Son ton catégorique et arrogant me fit froncer les sourcils. L'incompréhension que j'éprouvais prenait le pas sur mon tempérament fougueux. Pourquoi diable tenait-elle à ce qu'Oris soit au palais pendant la durée des festivités ? À son âge, il n'avait absolument pas le droit d'y assister. J'avais du mal à saisir ce qui se cachait derrière tant d'urgence. La décision d'élever le petit garçon loin de la cour avait été celle de Kassandre. En plus de suivre son évolution à grand renfort de lettres et de portraits, elle pouvait se rendre à Ironwood à la première occasion. Ce brusque revirement provoquait en moi une intense confusion.

– J'ai le droit de faire tout ce que j'estime être juste, assénai-je avec raideur. N'oublie pas que je suis le roi de Khilan et le protecteur de ses terres.

– Oh, pitié, riposta-t-elle sur un ton venimeux. Le duc de Pellias t'a propulsé sur le trône en échouant à mesurer les conséquences. Tu n'es qu'un enfant qui s'amuse à essayer la couronne de son père. Au fond de toi, tu le sais parfaitement. Tu ne pourras jamais remplacer Damian.

Kassandre tourna les talons sans me donner l'occasion de réagir. Abasourdi, je la regardai s'éloigner de son habituelle démarche aérienne. Un bruit assourdissant envahit mes oreilles, semblable à la percussion d'un tambour de guerre. Je me pliai en deux, une main posée à plat sur ma cage thoracique. *Tu ne pourras jamais remplacer Damian.* Je savais que quelqu'un pouvait passer par là et m'apercevoir dans cette position. Je m'en moquais éperdument.

Un coup de poignard n'aurait pas été plus douloureux que la cruauté de la reine. Cette dernière ne m'avait jamais tenu tête depuis mon avènement. Pendant deux ans, elle s'était contentée de me soutenir à distance, sans plus s'immiscer dans les affaires diplomatiques qu'avant. La voir vaquer à ses occupations me réconfortait constamment. Cela me donnait l'illusion que rien n'avait changé, qu'un pincement au bras suffirait à me réveiller.

– Ressaisis-toi, chuchotai-je. Allez, Emrys.

L'heure n'était ni à la couardise, ni à l'indécision. Je ne pouvais pas m'attarder sur les accusations de ma belle-mère. Khilan avait besoin d'être défendue contre toute agression. Pour le meilleur comme le pire, j'étais le dernier rempart du pays. J'avais réussi à garder la nation de mes ancêtres en un seul morceau jusque-là. Je pouvais résister encore un peu. N'en déplaise aux voix qui me traitaient d'imposteur à l'intérieur de mon crâne. Elles étaient mon premier ennemi, celui que je faisais taire à chaque fois.

Je rangeai mon désaccord avec Kassandre dans un coin de mon esprit. Je pouvais apprendre à adapter mes réactions à sa nouvelle attitude. Entre-temps, j'étais attendu ailleurs. Je prévoyais de retourner voir mon nouvel ami Owen.

***

– Ma foi, j'ai bien failli ne pas vous reconnaître ! m'écriai-je d'une voix méprisante.

Un morceau de pain chaud entre les doigts, Owen Calbell leva la tête dans ma direction. Son visage était propre et rasé de près. Affalé sur une méridienne au tissu fleuri, le Cidien vidait le contenu de son assiette avec gloutonnerie. Ses guenilles avaient laissé place à une chemise bouffante et un pantalon noir.

– J'espère que votre nouvelle cellule vous convient, renchéris-je avec un rictus mauvais.

– Je la préfère de loin à la précédente, Sire. Je n'ai encore vu aucun rat.

Sur le pas de la porte vernie, Hero gronda en guise d'avertissement. Le prisonnier lui retourna un sourire insolent en croquant dans une mûre de Norwich. De la pulpe bleue lui coula sur le menton et il poussa un soupir satisfait. De toute évidence, Owen n'avait pas eu de vrai repas depuis son arrivée à Khilan. Je me rapprochai de lui d'un pas énergique. Des chaises assorties à la méridienne étaient disposées dans la pièce, mais j'étais trop énervé pour m'asseoir.

– J'espère que vous êtes conscient de la faveur que je vous fais, grinçai-je en me plantant juste en face de lui. Vous avez eu droit à de la nourriture et à un bain. Maintenant, c'est à votre tour d'honorer la part du marché.

– Rien ne me ferait plus plaisir, répliqua-t-il. Néanmoins, comment savoir que vous ne me tuerez pas tout de suite après ? Je sais que l'envie vous démange.

– Je ne suis du genre à revenir sur ma parole.

– Ah, commenta Owen d'un ton amer, Sa Majesté a donc le sens de l'honneur. Cela vous fait un point commun avec mon incapable de père.

Paris choisit ce moment pour entrer dans la pièce. Je l'entendis saluer les gardes avant de venir se positionner à ma droite. Il se figea en découvrant le sorcier, qui soutint son regard méfiant avec morgue. Dès l'aube, mon premier réflexe avait été de mettre le duc au courant. Si quelqu'un pouvait m'aider à démêler tout cela, c'était bien lui.

– C'est donc vrai, murmura Paris d'un air éberlué. Le fils naturel d'Asher Calbell est parmi nous.

– Pourquoi ce nom m'est-il familier ?

– La défunte reine consort de Cidia était directement apparentée à Asher, m'expliqua-t-il sans lâcher Owen des yeux. Cela signifie que ce jeune homme n'est autre que le cousin des princesses Alcyon.

Cette révélation eut l'effet d'un coup de tonnerre. Du coin de l'œil, je remarquai Hero qui avançait instinctivement d'un pas. Mon rire incontrôlable retentit entre les murs. Un muscle se mit à tressauter sur la mâchoire de Calbell, et je lui donnai une tape sur l'épaule.

– Quel invité de marque ! m'écriai-je d'une voix sarcastique. Je me doutais que vous étiez le rejeton ingrat d'une famille noble, mais voilà qui change tout. J'ai bien fait de vous installer dans ce corps isolé du palais, au lieu de vous laisser croupir dans le donjon.

– Je n'ai rien à voir avec la maison Alcyon, souffla Owen. Ces gens ne sont pas ma famille.

– Vraiment ? ripostai-je d'un air menaçant. Eh bien, je suis sûr que la reine Astoria doit se demander où vous êtes passé. Ou peut-être vous a-t-elle envoyé m'espionner ?

Je serrais et desserrais les poings sous son regard effrayé. Tout le dégoût que j'avais pour ces hérétiques revenait s'accumuler dans mes tripes. Comme s'ils sentaient la tempête arriver, mes deux gardes dégainèrent leurs épées.

– Non, intervint Paris d'un ton calme. Emrys, le garçon dit la vérité. Tu devrais t'en tenir au plan et l'écouter.

– Je n'ai jamais mis les pieds au palais de Sunscar, s'empressa d'avouer Owen en s'agitant nerveusement sur sa méridienne. Ma mère était une prêtresse du temple d'Adis. J'y ai grandi en réclusion jusqu'à sa mort.

– Le temple a récemment subi une attaque sévère, nous informa le duc. Mes Scorpions m'ont mis au courant ce matin.

– Tant mieux ! s'exclama le Cidien à la surprise générale. Je veux voir cet endroit brûler jusqu'à la dernière poutre !

Une rancœur authentique faisait vibrer sa voix. Paris et moi échangeâmes un regard curieux. Alors qu'Owen se prenait la tête entre les mains, je décidai de m'entretenir un moment seul avec le duc.

– Ma culture est limitée en ce qui concerne les coutumes de Cidia, lui glissai-je avec une pointe d'aversion.

– Le mariage est interdit aux prêtresses, mais rien ne les empêche d'engendrer une descendance, m'éclaira-t-il à voix basse. Cette pratique est encouragée parce que l'enfant est destiné à devenir un serviteur des dieux. Il existe évidemment des exceptions. Le géniteur peut le reconnaître ou pas. La plupart du temps, son identité reste secrète afin que la progéniture ne soit pas tentée de choisir une autre voie.

– Je vois… il semblerait qu'Asher Calbell ait tout fait à l'envers.

Le prisonnier dut nous entendre parler de son père, car il lâcha un ricanement acide.

– Il ne s'est manifesté qu'à la mort de ma mère, il y a cinq ans. J'ai accepté de porter son nom sans pour autant quitter le temple. J'étais jeune et naïf, rien n'aurait pu me détourner du culte d'Adis.

– Cela n'a pas changé, raillai-je, puisque vous avez cru pouvoir infiltrer Khilan en toute impunité…

– Je me rappelle d'Asher, déclara Paris. C'était le bras droit du roi Matthaios pendant la guerre. Ils s'entendaient comme larrons en foire. Aussi fourbes et cupides l'un que l'autre. Enfin, je suis peut-être mal placé pour juger.

– Mon père est un grand hypocrite, affirma Owen d'une voix étranglée. Il se fait passer pour un homme magnanime dans les hautes sphères, mais la réalité est toute autre. Le peu de visites qu'il m'a rendues a suffi à m'en convaincre.

Je ne pus retenir un geste agacé du bras. Les tragiques péripéties du jeune homme ne m'avançaient à rien. Je poussai un profond soupir.

– J'en déduis que vous ne pouvez pas combler mes lacunes à propos des Alcyon. Votre valeur en tant qu'allié potentiel ne fait que diminuer.

Les intonations de ma voix trahissaient ma contrariété. Owen se redressa d'un bond, une lueur alarmée miroitant au fond de ses yeux verts.

– J'ai dit que je n'avais jamais rencontré la famille royale, rectifia-t-il. Cela ne signifie pas pour autant que je ne sais rien de pertinent. Il m'est arrivé d'apercevoir de loin le roi Matthaios et son épouse. Tous deux venaient prier au temple régulièrement. Ils étaient aussi tenus de consulter la Grande Prêtresse avant de prendre une décision importante.

– Je n'ai pas toute la journée devant moi, monsieur Calbell, le coupai-je avec froideur. Vous avez tout intérêt à ne pas me décevoir.

– Les prêtresses sont les gardiennes de tous les secrets du royaume. Elles pourraient vous apprendre des choses glaçantes, et je surprenais des bribes de conversation. Une fois, il était question des filles du souverain : Astoria et Phoebe. Lorsqu'elles visitaient le sanctuaire, la Grande Prêtresse faisait en sorte que ce soit dans la plus grande discrétion. Nous n'étions pas autorisés à poser les yeux sur elles.

– Tiens donc, marmonna Paris. C'est étrange quand on sait qu'en tant qu'héritière au trône, Astoria n'était pas avare en apparitions publiques.

Il me lança un regard sombre, et mon pouls s'affola. Pensif, Owen se mit à triturer un fil bleu qui dépassait du bras de la méridienne.

– J'ai entendu les prêtresses parler de la princesse Phoebe Alcyon en cachette, révéla-t-il, le menton baissé. Je ne suis pas sûr de ce que cela signifie, mais nos divinités lui auraient accordé un pouvoir colossal. La Grande Prêtresse elle-même n'a jamais rien vu de tel. Ce don peut l'élever au rang de déesse, et Matthaios en tirait profit. C'est pour cette raison que personne n'a fait sa connaissance en dehors d'une poignée d'élus.

CHAPITRE 13

EMRYS.

Un silence de plomb tomba sur la pièce. Une multitude d'émotions s'entrechoquaient dans mon esprit. Le teint cramoisi, Paris jura dans sa barbe. Je pliai les doigts pour résister à la tentation d'envoyer l'objet le plus proche valser au sol. Owen surveillait ma réaction d'un œil anxieux.

– La seconde princesse n'est pas plus malade que moi, laissai-je tomber d'un ton aigre. Cette rumeur n'était qu'un subterfuge du roi.

– Matthaios a toujours été un monarque avant d'être un père ou un époux, opina le duc. Il ne reculait devant rien afin de consolider sa puissance. Selon moi, ce manque de scrupule était le premier élément qui le différenciait de Damian.

– Dites-moi ce que vous savez d'autre, exigeai-je en gratifiant Calbell d'un regard meurtrier.

– La Grande Prêtresse… déplorait l'usage que faisait le roi des dons de Phoebe, bégaya-t-il. N'étant pas dans la confidence, je ne peux pas vous renseigner davantage. Cette bribe d'information suffirait à me faire tuer.

– Vous nous avez été d'une aide précieuse, monsieur Calbell, répondit le duc avec gentillesse. Vos éclaircissements m'ont permis de confirmer ce que je soupçonnais depuis des lustres.

Je me détournai d'eux un moment. L'un de mes pires cauchemars venait de se matérialiser. Paris et moi avions remis en question la fable relatée par la monarchie de Cidia, mais j'avais quand même le cœur au bord des lèvres. Les mots d'Owen tournaient en boucle dans mon cerveau. *Ce don pourrait l'élever au rang de déesse.* Mes lèvres se tordirent en une grimace haineuse. La crédulité des païens était si grotesque que j'en avais presque pitié. Les dieux qu'ils vénéraient n'étaient pas miséricordieux ; c'étaient des monstres. J'inspirai profondément par le nez en tentant de remettre mes idées en place.

– Asher était-il au courant de votre projet de franchir la frontière ? demandai-je à Owen.

– Bien sûr que non, soupira-t-il. Je l'avais confié à l'une de mes sœurs du temple. J'ai été stupide de croire qu'elle m'accompagnerait. À l'heure qu'il est, les prêtresses ont dû informer mon géniteur de ma défection. Ma pauvre mère doit se retourner dans sa tombe.

– Ce n'était pas réellement Cidia que vous vouliez quitter, observa Paris. C'était avant tout le temple d'Adis. Ai-je tort ?

– C'est du pareil au même, commenta Owen, les yeux humides. J'ai réussi à fuir la veille de ma cérémonie d'initiation, qui m'aurait lié au temple jusqu'à mon dernier souffle.

– Pourquoi un tel revirement ? ripostai-je. Je croyais votre foi inébranlable.

– Les choses ont pris une tournure étrange après le régicide, puis une enquête a permis d'identifier le commanditaire. La Grande Prêtresse sait certainement de qui il s'agit, mais pas moi. Nous avons passé des mois à implorer en vain la protection des dieux. On dirait qu'Adis et ses douze sœurs choisissent d'ignorer nos prières. Tous nos rituels ont été rejetés.

– Ce doit être frustrant d'adorer des divinités aussi capricieuses, ricanai-je méchamment.

Les lèvres d'Owen se tordirent de réprobation face au blasphème que je venais de proférer. Il n'eut toutefois pas le courage de me tenir tête. L'arrogance dont il faisait preuve à intervalles réguliers n'était qu'une feinte. C'était un moyen pour lui de se rassurer, d'exhiber une façade plus solide qu'en réalité.

– Quand avez-vous pris la décision de vous en aller ? l'interrogea le duc de Pellias. Je présume qu'il y a eu un élément déclencheur.

– En effet, confirma le sorcier d'une voix ténue. Le châtiment des dieux a affecté bien plus que la magie nutritive des terres et de la mer. Les pouvoirs des Cidiens s'affaiblissent progressivement, à commencer par les moins puissants d'entre eux. Suivant cette logique, les princesses Alcyon seront les dernières à souffrir de ce phénomène. Aux dernières nouvelles, les capacités de la reine Astoria demeurent inchangées. En ce qui me concerne, je suis né avec un pouvoir de guérison. Les prêtresses le considèrent comme mon plus grand atout.

– Un pouvoir de guérison ? répétai-je d'une voix plus forte que prévu.

Je ne pouvais m'empêcher de ressentir une pointe de curiosité envers ce don. Ce n'était qu'une fascination lugubre, rien de dangereux. Owen pinça les lèvres en désignant sa cheville droite. Ahuri, je me remémorai qu'elle était censée être cassée. Toute égratignure avait également disparu de son visage.

– J'ai l'aptitude de guérir plus vite et de soulager les maux des autres, expliqua-t-il. Il est très difficile de m'infliger une blessure irréversible. Lors de ma dernière semaine à Cidia, je cicatrisais plus lentement que d'habitude.

Cette déclaration fit tressaillir Paris. Il fit signe à Owen de se taire, puis se tourna vers moi.

– Je te conseille de congédier tes gardes, me recommanda-t-il d'un air soucieux. Mieux vaut qu'ils n'écoutent pas la suite.

Bien que pris de court par sa requête, je choisis de me fier à lui. D'un hochement du menton, j'indiquai à Hero de prendre congé. Il ne s'opposa pas à mes directives.

– Emrys, as-tu la moindre idée de ce que cela signifie ? reprit le duc. La magie de ce garçon a retrouvé sa vitalité au-delà de la frontière. Ce phénomène défie toute logique.

– Mes pouvoirs et ceux de mes sœurs du temple étaient devenus dysfonctionnels, avoua Owen après une seconde d'hésitation. Je refusais d'assister à la catastrophe sans rien faire. J'étais conscient de m'exposer à une mort probable en venant à Khilan. Je supposais aussi que cela signifiait faire une croix sur le surnaturel. Si mes dons ne m'obéissaient plus à Cidia, je ne voyais pas comment ils pourraient être ravivés ici. Imaginez ma surprise lorsque je suis parvenu à soigner l'aile d'un oiseau sans effort particulier. Un villageois a assisté à la scène, et vous connaissez la suite...

Horrifié, je massai mes tempes douloureuses. Le sol aurait pu se dérober sous mes pieds que je ne me serais pas senti plus embrouillé.

– Vous êtes le premier sorcier qui arrive à Catarrias, chuchotai-je en contenant la bile qui me montait à la gorge. Vos dons se sont d'abord manifestés dans une région non loin de la frontière. Il est possible d'expliquer cela par la proximité de votre royaume corrompu. D'une manière ou d'une autre, vous avez réussi à canaliser le peu de *magie* qui garde Cidia en vie. Cependant, je ne comprends pas comment vous avez réalisé ce tour de force une seconde fois.

Je prononçai le mot magie avec toute l'aversion dont j'étais capable. Une expression orgueilleuse traversa les traits d'Owen.

– Je ne suis pas un sorcier, Sire, me corrigea-t-il. Personne n'utilise ce terme à Cidia. Pour en revenir à ce que je disais, la terre du royaume et ses habitants fonctionnent en symbiose. L'essence des uns fortifie celle des autres. Ce raisonnement me mène à une seule conclusion. Il existe une source de magie à Khilan, différente et plus faible que celle de Cidia. C'est grâce à elle que j'ai pu de nouveau entrer en pleine possession de mes pouvoirs.

– Balivernes ! aboyai-je en tapant du pied. Aucune énergie

contre nature n'alimente les racines de mon pays.

Prêt à camper sur ses positions, le prisonnier ouvrit de nouveau la bouche. Je ne lui accordai pas le temps de surenchérir. Piqué au vif, je rompis la courte distance qui nous séparait. La lame de Fury se retrouva bientôt sous la gorge du païen, qui se raidit aussitôt. Ses pupilles se dilatèrent sous l'effet de la peur.

– Voyons si vous cicatrisez aussi vite que vous le prétendez, susurrai-je avec un grand sourire.

Owen ne put retenir un gémissement, et il tenta d'éloigner l'épée de son visage.

– On fait moins le fier, n'est-ce pas ? ajoutai-je. Vous n'êtes qu'un sale menteur. Le surnaturel n'a pas sa place à Khilan. Les Cidiens qui ont fini au bûcher pourront vous le confirmer.

Je m'interrompis en remarquant que ma voix perdait de sa fermeté. Les muscles de mes bras faiblirent, et des points de lumière bleue flottèrent devant mes yeux. Pendant une fraction de seconde, je me sentis incapable de me mouvoir. Mon épée me glissa presque des doigts. Cette hésitation était tout ce dont Owen avait besoin. Il posa les mains sur mes épaules et me repoussa brutalement. Abasourdi, je perdis l'équilibre puis m'affalai sur le dos. Un bruit de porcelaine brisée me parvint aux oreilles. Dans ma chute, j'avais renversé un vase ancien que Kassandre affectionnait.

Le Cidien bondit hors de son canapé, mais Paris se jeta sur lui. Je vis Hero faire irruption dans la pièce, les narines frémissant de rage. Deux gardes prêtèrent main forte au duc, et Owen se retrouva vite cloué au sol. Il se débattit un long moment, avant d'abandonner cette bataille perdue d'avance. En suivant son regard désespéré, je compris qu'il envisageait de s'enfuir par la fenêtre. Je me relevai avec une grimace condescendante. Le sot se serait rompu le cou.

– Agresser le roi de Khilan ? lui lança Hero d'une voix menaçante. Grossière erreur…

– Quels sont vos ordres, Sire ? me demanda son collègue. Devrais-je lui trancher la gorge ?

– Le tuer ne me sera d'aucune utilité, répondis-je d'un ton qui ne souffrait aucune réplique. Faites-le croupir au donjon, torturez-le aussi longtemps que cela vous amusera. Seulement, laissez-le en vie.

La mine sombre et songeuse, Paris recula vers un coin de la pièce. Je savais qu'il réfléchissait à ce que nous avions appris, et cela m'exaspérait. Je ne voulais pas qu'il s'attarde sur les allégations farfelues d'Owen. Ses paroles n'étaient qu'un tissu de mensonges. Les landes de Khilan étaient pures et intouchées par la magie. Je n'avais aucune idée de ce qui aurait pu revigorer son don de guérison, mais cela n'avait aucun rapport avec mon royaume. Je préférais que le duc se focalise sur l'essentiel. La fille cadette de Matthaios possédait bel et bien des dons redoutables.

– Vous saignez, Votre Majesté, me glissa Hero avec inquiétude.

Je me rendis compte de la douleur cuisante qui traversait ma main. Dans le feu de l'action, je m'étais coupé avec un éclat de porcelaine. La mâchoire contractée, j'examinai ma paume ensanglantée. Mieux valait nettoyer la plaie avant qu'elle ne s'infecte. J'accordai un dernier regard à Owen, qui regardait partout sauf dans ma direction. Il ne broncha pas lorsqu'un garde lui asséna un violent coup de pied dans la jambe.

Je quittai l'appartement d'un pas rapide, la main fermée afin de ne pas souiller le tapis du couloir. Je me demandais comment j'allais rejoindre le bâtiment principal dans cet état. Je dévalai les marches de marbre en laissant échapper une flopée d'injures. Tout à coup, une sensation d'engourdissement me parcourut les doigts. Je clignai des paupières pour chasser les taches lumineuses qui envahissaient de nouveau mon champ de vision. Elles disparurent en même temps que la douleur.

– Non, chuchotai-je.

Je tombai des nues en constatant que la blessure s'était refermée. Sous une croûte de sang séché, ma peau était aussi intacte que si rien ne s'était passé.

CHAPITRE 14

PHOEBE.

– Je suis heureuse que tu sois là, confiai-je du bout des lèvres.

– Soyez tranquille, mademoiselle Pyrrha, répondit Vittoria sur le même ton. Rien ne vous oblige à affronter la société de Catarrias seule.

La tête rejetée en arrière, je m'absorbai dans la contemplation de la fresque peinte au plafond. Elle représentait un ciel au bleu azur, chargé par endroits de nuages cotonneux. Un tableau ironique, sachant que le véritable ciel de Khilan était constamment gris et sinistre. Cette peinture idyllique avait probablement pour visée d'apaiser les nerfs des dames de la cour. En tout cas, cela ne fonctionnait pas sur moi.

À trois jours du bal de Séléné, la reine Kassandre avait fait aménager son boudoir pour accommoder les essayages des débutantes. Madame Clovia, couturière de Sa Majesté, tenait à procéder aux retouches de dernière minute. Une foule exclusivement féminine occupait la pièce. Toutes les jeunes filles étaient accompagnées d'une femme de leur famille. Ou, comme dans mon cas, d'une demoiselle de compagnie. Au fond du salon, Vittoria et moi évitions de nous mêler aux autres.

– J'ai une question à te poser, murmurai-je avec hésitation. T'arrive-t-il de penser à la vie que tu aurais pu avoir ?

Je restais volontairement évasive, au cas où quelqu'un laisserait traîner une oreille indiscrète. Mon amie s'accorda un temps de réflexion.

– Oui, soupira-t-elle enfin. Je ne suis pas fière de l'avouer, mais j'y pense plus souvent que je le devrais.

Mon rythme cardiaque accéléra et un bourgeon d'espoir naquit en moi. Ses lèvres s'étirèrent en un sourire nostalgique.

– Mes réflexions aboutissent toujours au même constat, continua-t-elle dans un filet de voix. J'éprouve une profonde gratitude envers votre père. En plus d'un honneur incommensurable, m'intégrer à sa maisonnée m'a permis de trouver ma voie. Si on me laissait le choix, je ne changerais rien à ma destinée.

J'étouffai ma déception en feignant de m'intéresser aux va-et-vient des débutantes. Elles me faisaient penser à une nuée de papillons colorés. Hélas, ce n'était pas suffisant pour me distraire.

Arrivée à Sunscar à l'âge de huit ans, Vittoria gardait très peu de souvenirs de sa vie au temple d'Adis. Rapidement, le roi Matthaios avait été conquis par la vivacité de la petite, fille de la regrettée Rowena Sterworld, son amie proche. Il avait estimé qu'un futur à la cour lui correspondrait mieux que celui de jeune prêtresse. Peut-être était-il allé contre la volonté de la Grande Prêtresse en agissant ainsi, mais la suite des évènements lui avait donné raison.

– Qu'en est-il de vous ? s'enquit Vittoria en m'observant attentivement. Auriez-vous préféré ne jamais recevoir le *cadeau* ?

J'effleurai mes lèvres machinalement. Je sentis une oppression dans ma poitrine. J'étais étonnée qu'elle m'ait percée à jour aussi facilement. Étais-je si transparente ? Une honte cuisante m'enflamma les joues, et je songeai que j'avais perdu la tête. J'invoquai intérieurement le pardon d'Adis, peu désireuse de lui donner une énième raison de me maudire.

– Ne fais pas attention à mes inepties, rétorquai-je en secouant la tête. C'est le bal qui me met dans tous mes états. Je n'aurai pas le droit à l'erreur. Il n'est plus question d'enchaîner les maladresses. Je me plierai à toutes les règles nécessaires pour atteindre ma cible.

Ma voix était pratiquement inaudible, mais ma détermination était palpable.

– Ce ne sont pas des inepties, me reprit Vittoria. Il est naturel de douter de temps en temps. Vous avez été confrontée très jeune à une responsabilité aussi grandiose qu'éprouvante. Nous devrions tous faire preuve d'indulgence à votre égard. D'autant que…

Elle marqua une pause et se pencha pour me parler à l'oreille, les mains en coupe devant ses lèvres. Je promenai le regard sur le boudoir pour être certaine que nous n'étions pas surveillées.

– Avec tout mon respect, je crois que les méthodes de votre père étaient parfois un peu rudes. Les dieux vous ont gratifiée d'un don, et c'est *lui* qui a choisi la manière de s'en servir.

Ses mots me coupèrent le souffle. J'avais la sensation d'avoir les poumons gorgés d'eau. Je fermai les yeux afin de ne pas laisser mon mal-être me submerger. Je devais à tout prix rester *concentrée.*

Lorsque je soulevai les paupières, j'avais réussi à chasser toute pensée néfaste de mon esprit. Je sautai sur mes pieds, prise d'une soudaine envie de me dégourdir les jambes. Vittoria me suivit tandis que je me frayais un chemin entre les nombreuses aristocrates. À l'avant du salon, Madame Clovia s'affairait derrière un paravent en bois verni. C'était une vieille dame à l'allure revêche, et je redoutais de me retrouver entre ses mains. Près de l'entrée, Alison s'entretenait avec la vicomtesse Niklaus. Mère et fille se ressemblaient comme deux gouttes d'eau. Je me mordis la langue, prête à encaisser leurs moqueries. Pourtant, elles s'étaient choisi une cible différente. Leurs regards étaient dirigés vers une noble à la chevelure de feu. Le dos raide, elle se tenait à l'écart.

– Baronne Dubanes, salua la vicomtesse avec un sourire

doucereux. Je constate que votre fille n'est pas encore arrivée. Aurait-elle été retenue ailleurs ?

– Je suis certaine qu'elle ne va pas tarder, répondit la baronne sans se départir de son calme.

La double-porte du boudoir s'ouvrit au même moment, et une Sybille échevelée s'engouffra dans la pièce. Penaude, elle rejoignit sa mère en saluant les Niklaus au passage.

– Je suis navrée, Mère. J'ai perdu la notion du temps.

– Je vous croyais plus raisonnable que cela, ma fille.

La baronne réprimandait l'adolescente en remuant à peine les lèvres. Poussée par la curiosité, je me rapprochai discrètement de ce duo.

– Serait-ce de la boue sur l'ourlet de votre robe, Sybille ? s'indigna-t-elle en lui attrapant les épaules. Pitié, ne me dites pas que vous étiez encore aux écuries.

– Ce que vous ignorez ne peut vous causer du tort, Mère, répliqua la concernée avec un sourire espiègle.

– Votre père vous accorde bien trop de liberté à mon goût. Je crains que cela se retourne contre nous un jour.

Je me désintéressai d'elles en sentant Vittoria me frôler le coude.

– Je crois que c'est votre tour, mademoiselle.

Je la remerciai d'un sourire, espérant que cela suffirait à effacer le sillon soucieux sur son front. Elle devait déjà regretter son accès de franchise.

– Ce ne sera pas long, fis-je remarquer. Tu devrais aller m'attendre dans mes appartements. Ne te sens pas obligée de rester.

– Ce n'est pas un problème, assura-t-elle. Je serai là lorsque vous aurez terminé.

La couturière royale appela mon nom d'une voix insistante. Les épaules rejetées en arrière, je marchai jusqu'au paravent. Les autres s'écartèrent pour me laisser passer. J'essuyai leurs regards inquisiteurs sans me laisser démonter. Une longue liste entre les mains, Madame Clovia me détailla des pieds à la tête. Elle émit un claquement de langue réprobateur. Je me retins de lever les yeux au ciel. Sa robe à crinoline se serait attirée bien des moqueries à la cour de Sunscar.

– J'ai habillé votre grand-mère le jour de son mariage, m'informa Clovia en me poussant derrière le paravent. Daphné Pyrrha était une véritable beauté. J'ai été dévastée quand elle a dû quitter le palais de Catarrias. Je présume que vous ne l'avez pas connue ?

– Non, répondis-je d'un ton empreint de fausse tristesse. Elle est morte bien avant ma naissance.

– Vous avez le même teint de pêche, continua-t-elle en m'aidant à me déshabiller. En revanche, je vous trouve beaucoup trop maigre. Ces côtes saillantes ne me plaisent pas du tout. Quel gâchis !

Je me frictionnai les bras, mal à l'aise dans ma chemise en lin. Madame Clovia me fit revêtir ma robe de bal sans se défaire de son expression critique. La soie ivoire glissa sur mon corps avec fluidité. Avec ses manches courtes et son col carré, cette tenue de soirée changeait de ce que nous revêtions au quotidien.

– Vous flottez à l'intérieur, déplora la couturière en désignant mon buste. Il va falloir arranger cela.

Armée d'épingles, elle me fit signe de me retourner. Je m'exécutai docilement. Pendant que Madame Clovia s'agitait autour de moi, je me mis à réfléchir à Cidia. Je n'avais toujours pas la moindre nouvelle d'Astoria. Toutes les nuits, je partais au lit avec l'espoir de recevoir une visite de sa part. Même si l'Entre-deux n'existait plus, il devait y avoir un autre moyen d'établir un contact.

Une mélancolie inévitable m'engloutit toute entière. J'assisterai à mon premier bal dans trois jours. Cela me faisait tout drôle. Au palais de Sunscar, tout le monde était autorisé à participer aux festivités dès l'âge de quatorze ans. J'étais l'unique exception à la règle, puisque c'était à cet âge qu'on avait fait de moi le bourreau de Sa Majesté. Je ressentais un pincement au cœur à chaque fois qu'Astoria me narrait la féerie de ces soirées. Envieuse, je la regardais s'extasier face aux bijoux étincelants revêtis pour l'occasion. Il n'y avait rien de plus frustrant que d'être laissé de côté à l'approche d'une fête. Si je me résignais à ma solitude en temps normal, l'excitation générale des bals me mettait les larmes aux yeux.

Sans crier gare, les mots de Vittoria claquèrent dans mon cerveau. *Les dieux vous ont gratifiée d'un don, mais votre père a choisi la manière de s'en servir.* Cette affirmation me troublait plus que je n'osais l'avouer. La Couronne était un symbole sacré à Cidia. Le roi Matthaios était considéré comme le représentant d'Adis au même titre que la Grande Prêtresse. Cette dernière se déplaçait au palais pour assister à la naissance des enfants royaux. Par le biais d'une vision, la déesse Ceasis elle-même l'informait du don attribué au nouveau-né. Par la suite, le souverain déterminait la façon de mettre cette magie au service de Cidia.

Il ne me viendrait jamais à l'esprit de remettre en cause les desseins de mon père. Aux yeux de tous, ils étaient aussi impénétrables que ceux des dieux. Néanmoins, il m'arrivait de me poser des questions. Pourquoi étais-je celle qui avait reçu le baiser de la mort ? Pourquoi pas Astoria ? Ne pouvais-je pas honorer mes divinités autrement qu'en enlevant la vie ? Par moments, je me surprenais à rêver d'une vie différente et sereine. Une existence où je serais libre de mes choix, où je pourrais assumer mes craintes et mes désirs. C'était mon secret le mieux gardé. Quand mes nuits devenaient trop sombres, je me réfugiais dans les méandres de mon imagination…

CHAPITRE 15

PHOEBE.

– Comment vous sentez-vous ? me demanda Vittoria par-dessus mon épaule.

Je ne répondis pas tout de suite, les mains crispées contre mon ventre. J'avais du mal à croire au reflet que me renvoyait le miroir. C'était la première fois que je me voyais en tenue de cérémonie. Aussi irritable soit-elle, Madame Clovia avait fait en sorte que ma robe de débutante me mette en valeur. La courte traîne était agrémentée de plumes immaculées, assorties à la rangée de perles qui ornaient mon cou. Cette image sans défaut me donnait une illusion de normalité. Je ne ressemblais à rien d'autre qu'une jeune femme prête à entrer dans le monde. Supervisées par Vittoria, trois femmes de chambre avaient passé des heures à embellir chaque parcelle de ma peau et de ma chevelure. À présent que j'étais prête, elles se répandaient en exclamations ravies.

– Callie ? insista mon amie. Quelque chose ne va pas ?

– Je me sens nerveuse, admis-je dans un souffle.

– Je suis certaine que vous éblouirez tout le monde, intervint une domestique dans une tentative de me rassurer. Ce soir, la cour n'aura que votre nom sur les lèvres.

– Espérons que ce ne soit pas pour les mauvaises raisons, répliquai-je.

Vittoria leva les yeux au ciel, et je lui adressai un sourire innocent. En vérité, j'étais résolue à garder la tête froide pour ne plus commettre d'impairs. M'exposer au jugement de l'aristocratie khilanienne était une étape incontournable. Si je voulais m'en sortir sans encombre, mieux valait éviter d'attirer plus d'attention que nécessaire.

Je sursautai en entendant quelqu'un frapper à la porte de ma chambre.

– Sommes-nous en retard ? m'inquiétai-je. Je croyais qu'il nous restait encore une quinzaine de minutes avant le signal.

– C'est juste, répondit Vittoria en consultant une montre à gousset.

Une femme de chambre alla ouvrir pendant que ses collègues m'aspergeaient de parfum. Elle échangea quelques paroles avec le visiteur avant de revenir vers nous. Son hoquet surexcité me poussa à me retourner.

– Un valet a déposé ceci pour vous, m'annonça-t-elle en me tendant un écrin de velours.

J'esquissai un geste pour m'en emparer, mais Vittoria me devança. Son expression méfiante se changea en scepticisme lorsqu'elle ouvrit le boîtier.

– Qu'est-ce que c'est ? m'exclamai-je, intriguée.

– Cela m'a tout l'air d'être un présent, déclara mon alliée d'un ton réticent.

Elle déposa un bracelet au creux de ma paume. Il était composé d'un assortiment de diamants blancs et jaunes. Hypnotisée, je le soupesai un instant.

– Savez-vous de qui il provient ? me demanda la femme de chambre, les yeux ronds.

– Probablement une attention de la reine Kassandre, supposai-je avec un enthousiasme forcé. On m'a dit qu'elle offrait des cadeaux aux débutantes à l'occasion du bal.

– C'est bien vrai ! approuva la domestique. Sa Majesté est toujours très généreuse avec ses protégées. Je vais vous aider à le mettre.

Elle glissa le bracelet à mon poignet, en le fermant par-dessus mon gant de satin blanc. J'échangeai un regard appuyé avec Vittoria, qui dissimulait sa réprobation derrière un sourire de façade. Je savais qu'elle était tentée d'analyser le bijou à la recherche d'un élément menaçant.

– Ce sera tout, mesdames ! lança la jeune femme en tapant dans ses mains. Vous pouvez disposer, merci de votre aide.

Les domestiques me gratifièrent d'une courbette et prirent congé. Après avoir vérifié que la porte était bien fermée, Vittoria se tourna vers moi :

– Auriez-vous quelque chose à me dire, Votre Altesse ? me questionna-t-elle avec raideur.

– J'ai accepté que le roi Emrys soit mon cavalier ce soir, avouai-je nonchalamment. Ma première danse lui est réservée.

La Cidienne se contenta de baisser les yeux sur mon poignet. Elle ne paraissait pas surprise le moins du monde.

– Pensez-vous qu'il soit l'expéditeur de ce bracelet ?

– C'est une possibilité. Ou alors, c'est bel et bien une marque d'attention de la reine. Il faudrait voir si les autres filles en ont reçu un.

– Ceci dit, commenta Vittoria d'une voix détachée, je comprends mieux pourquoi vous avez passé les derniers jours à mémoriser des pas de danse.

– Ce serait dommage de me ridiculiser sur la piste, me justifiai-je. On ne danse pas dans le même style à Cidia. Je ne pourrai pas mettre en pratique ce que tu m'as appris.

Grâce à Vittoria, les chorégraphies répandues à Sunscar n'avaient aucun secret pour moi. Sensible à ma tristesse, elle avait fait en sorte que je puisse goûter de loin à l'euphorie des fêtes. Mon amie s'était improvisée maître-à-danser, puisque je ne pouvais pas bénéficier du même enseignement qu'Astoria. Je gardais un merveilleux souvenir des heures passées à valser sur le sol de mes appartements.

– Nous danserons à la cérémonie de couronnement de votre sœur, affirma-t-elle. Une fois que tout sera terminé, vous serez accueillie en héroïne à Cidia. Il ne sera plus question pour vous de rester dans l'ombre. Le palais donnera un bal en votre honneur.

– Je ne sais pas quelle place j'aurai à la nouvelle cour d'Astoria, soupirai-je en m'éloignant du miroir. Je ne veux pas y penser, nous aviserons en temps voulu.

– Vous avez raison, Votre Altesse. Il est inutile de trop réfléchir au futur.

Sur ces mots, elle se dirigea d'un pas décidé vers l'autre côté de la chambre. Je la regardai soulever une latte de parquet, révélant une panoplie d'armes. Concentrée, elle plaça alors une dague dans sa jarretière. J'étais étonnamment soulagée que Vittoria n'ait pas cherché plus de détails sur ma promesse à Emrys. Il ne restait plus le moindre vestige de notre soirée ensemble. J'avais confié la veste de Paris à un laquais en prétendant l'avoir trouvée par hasard.

– Soyez prudente ce soir, Votre Altesse, m'enjoignit Vittoria en abaissant les pans de sa robe bleue. Ne prenez pas de risque inutile.

– Je ne vois pas ce qui pourrait mal se passer, répliquai-je avec plus de calme que je ressentais en réalité. Je n'aurai qu'à te chercher du regard au premier souci.

Ses traits tendus trahissaient un dilemme à résoudre. Je fis un pas en avant pour l'inciter à m'en parler.

– Je m'inquiète pour des raisons différentes, me confia-t-elle d'une voix prudente. Vous êtes dotée d'une force de caractère inouïe, mais vous vous aventurez en terrain inconnu. Prenez garde à ne pas mettre votre cœur en danger.

– Mon… mon cœur ? balbutiai-je. Vittoria, ce que tu dis est absurde.

– Ce n'est qu'une mise en garde, Votre Altesse. Le roi peut se montrer très charmant quand il a une idée derrière la tête.

– Rien ne pourrait me détourner de ma vengeance, protestai-je, les poings serrés. Emrys m'a déjà enlevé mes parents, il ne me prendra rien d'autre !

Mon alliée parut sur le point de reprendre la parole, puis se ravisa. Elle ploya la nuque en signe de respect.

– Le moment est venu, conclus-je en passant les mains sur ma robe.

– Bien, marmonna Vittoria. Nous nous reverrons dans la salle de bal. Je vous souhaite bonne chance.

***

Un silence anxieux régnait en maître dans le hall où étaient rassemblées les débutantes. Le cliquettement des talons contre le carrelage était le seul son qui m'emplissait les oreilles. Nous étions toutes vêtues de robes aux tons clairs, comme le dictait l'étiquette. Le blanc crème et le bleu ciel prédominaient. Seule Allison Niklaus avait opté pour un rose poudré qui lui allait à ravir. Les nerfs à fleur de peau, nous attendions toutes le coup d'envoi de l'évènement le plus fastueux de la saison. D'un instant à l'autre, nous ferions notre entrée à tour de rôle dans la salle de bal. Cet ordre était déterminé par la place que chacune de nous occupait dans la hiérarchie. La fille du duc de Logelis serait la première à être présentée, tandis que je passerais en dernier.

La porte close laissait filtrer le bourdonnement des conversations. Mon cœur tambourinait si fort dans ma poitrine que les autres risquaient de l'entendre. Je me répétais que mon émoi était exagéré. En tant que princesse royale de Cidia, je n'avais rien à prouver à ces gens-là. Callie Pyrrha était une entité conçue pour plonger Khilan dans le chaos. Je ne devais pas laisser ma véritable identité s'effacer face à la beauté de cette soirée. Je n'étais pas ici pour m'amuser.

Un son de trompette retentit soudain, et la porte s'ouvrit au ralenti. Une vague d'excitation traversa la file de débutantes.

– Lady Rochelle Logelis, clama une voix de stentor, fille de Leurs Grâces Pierce et Laurel Logelis.

Je me rapprochais de la salle de bal à mesure que les

présentations se succédaient. Lorsqu'il ne resta plus qu'une poignée de jeunes femmes dans la file, Sybille se retourna avec un clin d'œil complice.

– Joli bracelet, chuchota-t-elle en désignant mon poignet.

Trop à cran pour parler, je la remerciai d'un sourire pincé. Je n'avais entendu aucune de mes camarades parler de cadeaux. Étais-je la seule à en avoir reçu ? Cette possibilité me nouait l'estomac. Sybille fut appelée quelques minutes plus tard, et je me retrouvai seule. Le sang battant mes tempes, je résistai à l'envie de tourner les talons avant le signal. Sur le pas de la porte, j'avais enfin tout le loisir de découvrir la salle de bal. Une multitude de chandeliers brillaient au plafond, agrémentés d'or et de cristaux. Le carrelage clair était si lustré que le haut plafond s'y reflétait. Des vitraux aux couleurs vives traversaient les murs. Je déglutis en voyant enfin la masse de silhouettes qui attendait mon arrivée. Je n'avais jamais été exposée à autant de regards en même temps. Contrairement à Astoria, je n'avais pas grandi sous les yeux de la foule.

– Mademoiselle Callie Pyrrha, petite-fille de feu Achilles Pyrrha !

J'entrai dans la pièce en comptant mes inspirations. Je fis la sourde oreille aux commentaires qui fusaient autour de moi. La lumière dorée m'aveugla un instant, mais je continuai de marcher sans trahir mon incertitude. Je connaissais le protocole par cœur. Tout irait bien tant que je gardais des traits impassibles.

Entourée de suivantes, la reine Kassandre était installée sous un dais pourpre. Une tiare grandiose posée au sommet de son crâne, elle irradiait d'élégance. Je m'inclinai face à elle en me demandant où était Emrys. Il aurait dû se trouver sur le trône voisin de celui de sa belle-mère. En me redressant, je ne pus m'empêcher de me sentir un peu perdue. Les débutantes devaient ouvrir le bal au bras d'un cavalier de leur choix. Celui-ci pouvait être un prétendant ou un membre de leur famille. Je promenai un regard sur l'assistance. Les couples se dirigeaient déjà vers l'immense piste de danse. On attendait de moi que je leur emboîte le pas. Un goût amer se répandit dans ma gorge. Serait-il possible que le roi ait décidé de s'absenter ?

Deux solutions s'offraient à moi. Je pouvais faire l'impasse sur cette première danse, ce qui me vaudrait le courroux de Kassandre. Ou alors, je pouvais rester les bras ballants en attendant qu'un jeune noble se décide à m'inviter. Cette seconde alternative était la plus pathétique. Les membres de l'orchestre entreprirent d'accorder leurs instruments. Une brusque colère me réchauffa les joues. Et si Emrys l'avait fait exprès pour m'humilier ?

Je sentis une présence dans mon dos au moment où résonnaient les premières notes de musique.

– Je suis heureux que vous ayez reçu mon bracelet à temps, me glissa une voix rauque à l'oreille. Il vous va à la perfection.

CHAPITRE 16

PHOEBE.

Un sourire goguenard collé au visage, Emrys surgit dans mon champ de vision. Il avait revêtu un costume de fête immaculé, à la veste décorée de médailles étincelantes. L'espace d'une seconde, je perdis l'usage de la parole. Son exécrable fossette se creusa un peu plus dans sa joue. Ma conscience me rappela à l'ordre : ce jeune homme était l'ennemi juré de Cidia, la menace que je devais éradiquer. Je m'éclaircis la voix.

– Votre Majesté, le saluai-je en effleurant le bijou. Je ne sais pas quoi dire, vous n'auriez vraiment pas dû.

– Tous les joyaux de Khilan font pâle figure en comparaison de vous, rétorqua-t-il.

Il m'attrapa la main pour me mener sur la piste, et je me fis violence pour ne pas tressaillir. Tout le monde nous observait. Au bras de son soupirant, Alison avait l'air d'avoir reçu un coup de massue sur la tête. Je réprimai un soupir irrité. Dire que j'avais espéré ne pas attirer l'attention sur moi…

Les danseurs se mirent en position et se saluèrent. La musique cristalline se déploya dans l'air. Le souverain m'attira à lui avec une douceur étonnante. Ses doigts glissèrent sur ma taille pendant que je posais la main sur son épaule. Nous fîmes trois pas lents sur la droite avant de revenir à notre emplacement initial. Nous répétâmes le mouvement de l'autre côté en accélérant la cadence. Emrys me fit tournoyer entre ses bras, et un plaisir traître s'immisça en moi.

– J'ai cru que vous ne viendriez pas, lâchai-je soudain.

– Je suis un homme de parole, Callie, murmura-t-il. Et puis, je n'allais pas manquer cette occasion de danser avec vous.

Mes lèvres s'étirèrent en un sourire amusé. Nos regards demeuraient rivés l'un à l'autre. Le bleu de ses iris avait la nuance exacte de la mer Infinie de Cidia. C'était peut-être la raison pour laquelle je ne parvenais pas à détourner la tête. Tous les aspects de lui constituaient un rappel de ce que j'avais perdu. De ce qu'il me restait à perdre si je le laissais en vie.

– Je vous avoue que j'ai eu un contretemps, reprit Emrys. J'ai dû quitter la salle avant la présentation des débutantes.

– Rien de grave ?

– Les derniers jours ont eu leur lot de surprises, répondit-il, laconique.

Cette phrase éveilla mon intérêt. Je pris le temps d'étudier son visage pendant que nous décrivions des cercles sur la piste. Des cernes sombres s'étendaient sous ses yeux, et ses traits paraissaient fatigués. J'avais l'intuition qu'il se tramait quelque chose. L'armure autrefois inébranlable d'Emrys était en train de se fissurer. Mes doigts s'enfoncèrent dans ses larges épaules.

– Peut-être avez-vous besoin de partager ce fardeau avec une personne de confiance ? suggérai-je.

– Je n'en compte pas beaucoup dans mon entourage.

Je perçus une trace d'amertume sous son apparente désinvolture. Il détourna légèrement le menton, et son regard se perdit par-dessus mon crâne. Je réprimai tant bien que mal le frisson qui me remonta le long du dos. La chaleur de son buste se propageait dans le mien, nos deux corps se mouvaient avec une synchronisation irréprochable. C'était comme s'ils réagissaient l'un à l'autre. Cette idée me révulsait.

– Avez-vous déjà vécu une épreuve qui a ébranlé vos convictions ? me demanda Emrys d'une voix lasse.

– Aucune croyance n'est immuable, répondis-je doucement. Il faut parfois choisir à quoi se rattacher tout en abandonnant le reste.

– Un conseil d'une grande sagesse, commenta-t-il en me dévisageant.

Une petite voix dans ma tête me susurrait que je n'étais qu'une hypocrite. Ni sage ni raisonnable. Voilà que j'en étais réduite à minauder face au monarque. Bercée par la musique majestueuse, je pesai le pour et le contre pendant quelques minutes. Le morceau s'achevant bientôt, nous valsions de plus en plus vite.

– Si vous en avez envie, ajoutai-je d'une voix volontairement hésitante, je peux prêter une oreille attentive à vos tracas. J'ai beau être novice dans ce monde, je sais garder un secret.

Seul le silence me répondit. Je commençais à regretter ma proposition quand un son grave secoua sa cage thoracique. Je me détendis en comprenant qu'il riait.

– Vous aimeriez devenir mon amie ? se moqua-t-il. Oh Callie, j'étais persuadé que vous me détestiez. Ne suis-je pas une horrible brute ?

– Sire, je n'ai jamais dit cela ! m'indignai-je, les yeux exorbités.

Emrys s'esclaffait sans s'arrêter de danser. Évidemment, il n'effectua pas le moindre faux pas. C'était un cavalier hors pair, ce qui le rendait encore plus horripilant.

– Ce n'est qu'une plaisanterie, me dit-t-il une fois calmé. Encore une fois, vos réactions m'amusent au plus haut point.

Cette subite gaieté le rajeunissait. S'il s'emmura ensuite dans le silence, une expression insouciante s'installa sur ses traits. Toute tension s'évapora de ses épaules. Le tempo de la musique ralentit enfin jusqu'à s'interrompre sur une note éclatante. Je me détachai d'Emrys à toute vitesse, mais il ne s'en formalisa pas.

– Ce fut un honneur, me remercia le roi en s'inclinant.

– Tout le plaisir est pour moi, Votre Majesté.

Je restai de marbre lorsqu'il prit ma main gantée dans la

sienne. Le jeune homme effleura mes doigts de ses lèvres avant de se redresser. Aussi léger qu'un papillon, ce baisemain fit naître en moi une avalanche d'émotions contradictoires. Sous la répugnance suscitée par ce contact, j'identifiai une infime déception. Je risquais de ne pas le revoir de toute la soirée. J'avais échoué à lui soutirer des informations durant cette danse. J'aurais dû me douter qu'il ne tomberait pas dans le piège aussi facilement.

– Je n'en ai pas fini avec vous, Callie, me certifia Emrys alors que je m'apprêtais à quitter la piste. La soirée est encore longue. Vous me devez une danse supplémentaire, peut-être même deux…

– Je doute que ce soit convenable, le réprimandai-je avec légèreté. La reine Kassandre doit avoir plusieurs débutantes à vous présenter. Bien que Sa Majesté fasse preuve d'une extrême bonté à mon égard, je ne pense pas être sa favorite.

Une ombre passa sur son visage.

– Ma belle-mère et moi avons eu une petite querelle, admit-il en choisissant ses mots avec soin. Je n'aimerais pas envenimer la situation. Toutefois, je viendrai vous trouver à la première occasion.

– À votre guise, concédai-je en embrassant la salle du regard.

De nouveaux couples emplissaient déjà la piste, alors que les précédents se défaisaient. La majorité des débutantes valseraient jusqu'à en avoir mal aux pieds. En ce qui me concernait, j'avais hâte de retrouver Vittoria. Une partie négligeable de mon être aurait aimé profiter de l'allégresse du bal. Malheureusement, je ne pouvais pas me le permettre. Il était hors de question de laisser cet étalage de luxe me retourner le cerveau.

– Une dernière chose, lança le monarque d'une voix pleine d'aplomb. Dorénavant, appelez-moi Emrys.

CHAPITRE 17

EMRYS.

Les heures suivantes me parurent interminables. Le bal de Séléné était aussi réussi que les années précédentes. En sa qualité d'hôtesse, Kassandre acceptait les éloges des invités avec un sourire humble. Nous nous adressions très peu la parole depuis mon refus catégorique de déplacer Oris à la cour. Cette nuit, nos rares interactions visaient à maintenir notre image. Les débutantes se succédèrent à mon bras, et je me retrouvai dans l'impossibilité de quitter la piste de danse. Les conversations guindées m'alourdissaient les paupières. Je les endurais avec plus de peine que d'habitude.

À mon propre désarroi, Callie Pyrrha occupait une place de choix dans mon esprit. J'étais douloureusement conscient de sa présence dans la salle de bal. Après notre danse, je l'avais vue s'asseoir à une table blanche avec une jeune femme que je présumais être sa demoiselle de compagnie. L'orchestre avait à peine entamé un second morceau que l'héritier d'un comte l'invitait à son tour. Je n'avais pu m'empêcher de la suivre du regard. Son port altier était celui d'une reine. Il était aisé d'occulter son absence de titres et de fortune, tant elle rayonnait au milieu de la haute société. C'en était déroutant.

Je me libérai de mes obligations vers les coups de minuit. Les muscles de mes mollets m'élançaient, mais les réjouissances ne faisaient que commencer. La plupart des nobles se précipitaient vers le buffet pour reprendre des forces. J'esquivai poliment la fille du vicomte Niklaus, qui avait de toute évidence hérité plusieurs traits de caractère de son père. Je fis le tour de la salle à la recherche de Callie. Je la repérai près d'un mur, occupée à examiner une tapisserie en velours pourpre. L'épée enflammée du blason Hartless y était brodée au fil d'or. Je me dirigeai vers la jeune femme d'une démarche féline. Sa demoiselle de compagnie fut la première à me remarquer. Je l'étudiai avec attention lorsqu'elle s'inclina face à moi. Sa coiffure courte différait des tendances suivies par les dames de Catarrias et un éclat d'intelligence illuminait ses yeux. Je ressentis un élan de sympathie à son encontre.

– Je ne crois pas vous connaître, mademoiselle…

– Yeorgia Wheaton, Sire, acheva-t-elle.

Callie se retourna à cet instant. Je m'interrogeai quant à son expression tourmentée, qui s'évanouit à toute vitesse.

– Je ne pensais pas que vous reviendriez vers moi, observa la débutante avec un sourire espiègle.

– Ne trouvez-vous pas qu'il fait une chaleur asphyxiante ? soupirai-je en tirant sur le col de ma chemise. J'aimerais sortir respirer un peu d'air frais. Aimeriez-vous m'accompagner ?

– J'en serais ravie, Votre Maj…

Je haussai un sourcil entendu.

– Je voulais dire Emrys, rectifia-t-elle. Néanmoins, n'aviez-vous pas envie de valser jusqu'à l'épuisement ?

– L'un n'empêche pas l'autre, répliquai-je, amusé. Nous avons jusqu'au lever du soleil.

Je m'adressai ensuite à Yeorgia.

– Seriez-vous d'accord pour nous accompagner ? sollicitai-je d'un ton courtois.

La demoiselle opina du chef, et j'offris mon bras à Callie. Nous sortîmes de la pièce sans plus de cérémonie. Le long du couloir en pierre, mademoiselle Wheaton fit en sorte de marcher plusieurs pas derrière nous. En sentant son regard me vriller la nuque, je me demandai ce qui la poussait à se montrer aussi protectrice avec son amie. Je guidai Callie vers un petit jardin peu fréquenté par mes courtisans, dont je connaissais les habitudes. Après la collation, les messieurs iraient déguster une pipe dans la roseraie. Les dames resteraient à l'intérieur et s'évertueraient à gagner les faveurs de la reine.

Sentinelle silencieuse, Yeorgia s'arrêta près d'un parterre de fleurs aux pétales oranges. Callie et moi continuâmes jusqu'à un banc en marbre. La jeune femme s'assit, le teint soudain aussi pâle que la lune au-dessus de nos têtes. Ses épaules venaient de s'affaisser comme si elles portaient un poids invisible.

– Passez-vous une agréable soirée ? l'interrogeai-je, le front plissé. Vous semblez préoccupée.

Ma question la tira de sa rêverie. Elle rassembla ses jupons pour se donner une contenance.

– Je repensais à ce que vous m'avez dit sur la piste, déclara-t-elle. Au sujet de la reine et vous.

– Oh, soufflai-je sans pouvoir dissimuler ma surprise.

– Corrigez-moi si je me trompe, mais j'ai l'impression que cela vous affecte.

Ses prunelles d'onyx pleines d'incertitude, Callie s'exprimait doucement. Désarçonné, je fus incapable de répondre pendant un moment.

– Je n'aimerais pas outrepasser mes droits, ajouta-t-elle en se méprenant sur mon silence.

– Ce n'est pas le cas, la rassurai-je en me frottant le menton. C'est une première, je ne pensais pas être aussi transparent.

– Vous ne l'êtes pas. Je suis simplement bien placée pour deviner quand mon interlocuteur cache une blessure.

Je pinçai les lèvres et mon regard tomba sur les diamants de son bracelet. J'avais choisi de le lui faire parvenir sur un parfait coup de tête. Cela m'avait offert une distraction de la folie dans laquelle avait basculé ma vie depuis l'arrivée d'Owen Calbell. Je chassai le prisonnier de mes pensées sitôt qu'il s'y immisça. Je n'allais pas le laisser gâcher la seule nuit plaisante à laquelle j'avais droit.

– Kassandre et moi n'avons pas trouvé de terrain d'entente concernant mon demi-frère… J'attends de vous une discrétion à toute épreuve. Je vous laisse imaginer les conséquences si elle apprenait que vous êtes dans la confidence.

– Je serai muette, bien entendu, chuchota-t-elle.

– Le prince Oris n'est qu'un enfant, expliquai-je avec lassitude. Je veille à ce qu'on le prépare petit à petit à assumer ses fonctions. Je ne veux pas qu'il soit plongé aussi brutalement dans le monde de la cour que je l'ai été. C'était aussi ce que sa mère voulait pour lui.

Callie eut l'air de méditer sur mes paroles.

– Sa Majesté aimerait faire revenir son fils au palais ?

– Elle soutient que l'éloignement est devenu douloureux, alors que ce n'est pas son genre de vouloir contourner ses devoirs. Oris s'installera à Catarrias quand son heure viendra, pas avant.

Mon ton se faisait plus dur à chaque mot prononcé. Libérer mes émotions en présence de Callie me procurait une sensation difficile à décrire. Semblable à ce qu'on ressentait en s'asseyant au coin du feu lors d'un hiver rude.

– En avez-vous discuté avec le principal intéressé ? s'enquit-elle. Votre frère a peut-être des choses à dire.

– Il est trop jeune pour savoir ce qui est bon pour lui, rétorquai-je d'un ton indulgent. Son âge le rend très impressionnable, il mûrira avec les années.

Un éclair de douleur passa sur son visage, puis elle s'écarta de moi de manière imperceptible. Je rejouai la scène dans ma tête, à la recherche d'une bévue que j'aurais pu dire. Je n'en trouvai aucune.

– Personne n'apprécie qu'on prenne des décisions à sa place, affirma-t-elle d'une voix distante. Négliger les envies du prince serait une erreur. Il a besoin d'être guidé, pas qu'on empiète sur son libre arbitre.

J'ouvris la bouche pour protester mais la refermai sans prononcer un mot. Je vis la demoiselle de compagnie Yeorgia remuer de l'autre côté du jardin. Callie Pyrrha semblait bien loin du palais de Catarrias. J'avais l'intuition qu'elle ne parlait plus tant d'Oris que d'elle-même. Un mélange de curiosité et de compassion me poussa à me pencher vers elle. Je n'arrivais pas à me sentir offensé par sa prise de position. Je ne pouvais qu'imaginer l'étendue de ce qu'elle avait affronté avant de rejoindre la cour. Un besoin impérieux de déterrer son vécu me secouait de l'intérieur. Callie se tourna de nouveau vers moi, et ses yeux se posèrent sur mes lèvres. Ce fut si bref que je fus certain d'avoir tout imaginé. De toute manière, je n'eus pas le temps de m'attarder là-dessus. J'approchai une main de sa joue sans trop savoir ce que je faisais. C'est alors qu'un hurlement glaçant rompit la quiétude de la nuit.

CHAPITRE 18

EMRYS.

Les sens aux aguets, je fus sur pied en un éclair. Près de moi, Callie retenait son souffle. Sa demoiselle de compagnie nous rejoignit alors que je l'avais à peine vue bouger. Elle se déplaçait avec une telle agilité que sa robe volumineuse m'évoquait un tourbillon bleu. Un nouveau hurlement retentit, me permettant d'identifier une voix féminine.

– Mademoiselle Pyrrha, je dois vous mettre à l'abri, lança Yeorgia d'un air pressant.

– Excellente idée ! approuvai-je, l'épée au poing. Vous devez retourner à l'intérieur.

Je tendis l'oreille puis m'élançai en direction de la source des cris. Ils provenaient de la cour d'entrée du palais, où on trouvait toujours des gardes en faction. Que se passait-il ? Je courus à en perdre haleine entre les arbustes et les sculptures d'animaux marins. J'empruntai un raccourci à l'arrière d'une fontaine. Le son de l'eau ruisselante rappelait celui du sang qui fouettait mes veines.

Les semelles de mes chaussures crissèrent contre le gravier de la cour. Je levai mon arme et avançai lentement dans l'obscurité. La nuit s'était assombrie comme pour s'accorder au théâtre sanglant qui prenait place. Le croissant de lune argenté disparaissait petit à petit derrière un amoncellement de nuages. Je pouvais entendre une femme pleurer. La respiration lourde, je captai une forme blanchâtre à quelques mètres de la herse.

C'était la robe d'une débutante. Un sentiment d'horreur me traversa l'échine.

– Mademoiselle ? l'appelai-je. Êtes-vous blessée ?

J'approchai d'elle en limitant les gestes brusques. J'avais encore du mal à distinguer ce qui se passait. Une fois mes yeux habitués à la pénombre, je compris que la jeune femme était accroupie près d'un corps. Je poussai un juron dans ma barbe. Allongé au sol, un homme pressait les deux mains contre sa poitrine ensanglantée. Ses bras remuaient avec faiblesse. Il n'en avait plus pour longtemps. Je laissai échapper une exclamation rageuse en le reconnaissant. Le mourant n'était autre que le médecin royal. Je me précipitai sur lui.

– Theos, qui vous a fait cela ? m'écriai-je en tombant à genoux dans la poussière.

Une mare de sang entourait le blessé. Je posai le regard sur la débutante qui continuait de se lamenter. Ses gants étaient en lambeaux, et des éclats de bois reposaient dans sa paume. Épouvanté, je réalisai que la pointe de la flèche était plantée dans le torse de Theos.

– C'est trop tard, Sire, articula-t-il d'une voix étranglée.

– J'ai voulu retirer la flèche mais cela a empiré les choses, se justifia la jeune femme.

Son chignon était complètement défait. Une pellicule de sueur collait ses cheveux roux à son front. Elle paraissait au bord de la crise de nerfs, et je n'allais pas tarder à me retrouver dans un état similaire.

– Vous ne pouvez pas mourir ! Vous devez d'abord réveiller mon père. Accrochez-vous…

Ma voix se brisa à la fin. J'essuyai du poing une larme qui avait échappé à ma surveillance. Le teint cendré du médecin empirait de minute en minute. Ses frisettes grises étaient plaquées contre son crâne. Son souffle se faisait laborieux. Un profond désespoir me foudroya le cerveau.

– Vous aviez promis de trouver un moyen ! m'emportai-je.

Vous et vos confrères m'avez fait tourner en bourrique pendant deux ans, espère d'incapable !

Il fut pris d'une quinte de toux, et un sang écarlate jaillit de sa bouche. Theos leva une main tremblante pour m'empoigner par le col. Je le laissai m'attirer à lui en le sentant dépenser ses dernières forces. Ses lèvres s'arrêtèrent à quelques centimètres de mon oreille :

– Gregoria, haleta-t-il. Gregoria est la clé.

– Quoi ? bafouillai-je. Quel est le rapport avec ma mère ?

La pression sur mon col se relâcha. Son bras retomba mollement contre son flanc. Les yeux révulsés, le médecin royal poussa un dernier râle. Je restai tétanisé pendant une minute entière. Si j'avais déjà vu des dizaines de cadavres, celui-ci me glaçait les sangs. Cet homme était parti enquêter sur le mal du roi Damian, mais sa piste lui avait coûté la vie. Encore sous le choc, j'abaissai ses paupières du bout des doigts.

– Votre Majesté, couina la débutante, je n'y suis pour rien. Je l'ai trouvé agonisant avec une flèche en travers du corps.

– Taisez-vous, l'interrompis-je en fermant les yeux. Quel est votre nom ?

– Sybille Dubanes, Sire.

Les commissures de mes lèvres se tordirent. Le seul témoin de cette macabre scène n'était autre que la fille du baron Dubanes, qui détenait la palme du noble le plus excentrique de Catarrias. Il passait peu de temps à la cour et n'avait jamais prétendu à un siège au conseil. On le disait toujours plongé dans des volumes au contenu obscur. La rumeur lui prêtait une fascination pour tout ce qui concernait le royaume de Cidia. Une affaire mêlant son unique enfant à un meurtre pouvait lui coûter son titre.

– Savez-vous qui a tiré cette flèche, mademoiselle Dubanes ? demandai-je d'une voix à la fois douce et ferme. Auriez-vous vu un individu rôder dans les parages ? Quelque chose qui sortait de l'ordinaire ?

– Non, assura-t-elle en secouant la tête. La cour était déserte lorsque je suis arrivée. Je présume que l'assassin a eu le temps de s'enfuir.

– Que faisiez-vous ici ? ajoutai-je. Vous devriez être dans la salle de bal.

Sybille retira ses gants sales et les tordit entre ses doigts. Ses lèvres blêmes s'agitèrent sans produire le moindre son. Elle ne parvenait pas à soutenir mon regard. Soudain, une voix familière me héla. Éberlué, je vis Callie accourir vers nous. Les yeux écarquillés, elle s'arrêta à bonne distance du cadavre. Je me relevai en la fusillant du regard.

– Je vous avais dit de vous mettre en sécurité, grognai-je. C'était un ordre de votre roi.

– J'ai pensé que vous pourriez avoir besoin d'aide, riposta-t-elle d'un ton essoufflé. Apparemment, j'avais raison.

Derrière Callie, Yeorgia semblait aussi irritée que moi. Elle dévisageait son amie avec insistance, sans doute désireuse d'accéder à ses pensées. Je réprimai un soupir exaspéré et m'intéressai de nouveau à Sybille. Le pas titubant, la fille du baron s'éloigna du corps inanimé. Elle tremblait si fort que ses dents s'entrechoquaient.

– Je suis innocente, répétait-elle d'une voix faible. Je n'ai rien à voir là-dedans.

Au loin, j'aperçus un groupe de gardes émerger du palais pour me rejoindre. Je me décidai en une fraction de seconde.

– Occupez-vous de cette demoiselle, glissai-je à Callie. Emmenez-la loin des regards indiscrets.

CHAPITRE 19

EMRYS.

– Où étiez-vous ? lançai-je à mes gardes lorsqu'ils arrivèrent à mon niveau. Vous avez intérêt à me livrer une explication satisfaisante !

La posture rigide, je gratifiai chacun d'eux d'un regard furieux. Mes chaussures et le bas de mon pantalon étaient couverts du sang de Theos. Je m'écartai afin de laisser le petit groupe découvrir la dépouille ainsi que l'arme du crime. Avec un sifflement mortifié, l'un des hommes recula d'un pas pour obtenir un meilleur angle de vue sur la scène. Ses traits se décomposaient à mesure qu'il assimilait l'information.

– C'est exact, commentai-je d'un ton sec. Un meurtre a eu lieu parce que vous avez déserté vos postes. Les répercussions seront terribles, messieurs. La pendaison me semble appropriée, mais je trouverai peut-être un châtiment plus créatif.

– La reine Kassandre a dû faire appel à nous en urgence, Sire, se défendit le meneur en passant une main dans ses cheveux bruns. Il y a eu un accident dans la salle de bal. Un chandelier défectueux s'est écrasé au sol. Le duc de Pellias a été blessé.

Pris de vertige, je reculai d'un pas. Une migraine lancinante me martelait les tempes. Fidèle à ses habitudes, Paris était arrivé en retard à la soirée. Nous avions à peine eu le temps d'échanger quelques mots. En général, il ne faisait que de brèves apparitions lors des évènements mondains.

– Son épaule est déboîtée, poursuivit le garde. Il a été

transporté dans ses appartements pour recevoir des soins. D'autres invités ont été victimes de coupures et de brûlures superficielles. Heureusement, nous sommes parvenus à limiter les dommages.

– Un problème à la fois, marmonnai-je pour moi-même.

– Tout le monde est à votre recherche, Votre Majesté, ajouta-t-il avec hésitation. Puis-je savoir ce qui est arrivé ?

L'un de ses équipiers se détacha du groupe et s'approcha du corps. Penché en avant, il examina la poitrine mutilée du médecin royal.

– C'était le guérisseur attitré de Sa Majesté votre père, si je ne m'abuse ? murmura-t-il d'un air sombre.

– Oui, répondis-je, la gorge serrée. Theos a dû s'absenter du palais. Il était censé venir me trouver dès son retour.

– On dirait que quelqu'un avait d'autres plans pour lui, observa le deuxième garde. Il me paraît peu probable que le meurtrier vienne de l'extérieur. Les murailles de Catarrias sont infranchissables et la herse est restée baissée toute la soirée.

– C'est étrange, repris-je avec un froncement de sourcils austère. Je n'ai pas été prévenu de l'arrivée du médecin royal, alors que les carrosses des invités se sont succédé pendant la journée. Puisque la herse est baissée depuis des heures, comment Theos est-il arrivé là ? En tant que souverain, je suis au courant de toutes les allées et venues.

– Le médecin avait peut-être une raison de se faire invisible. S'il pressentait un danger imminent, il aurait pu rejoindre le palais sans attirer l'attention. Une personne haut placée lui est probablement venue en aide. Tout porte à croire que la victime venait vers vous quand on l'a tuée. J'ai l'intuition que Monsieur Theos a accordé sa confiance à un individu qui lui voulait du mal. Avez-vous assisté à ses dernières paroles ?

– Des débutantes étaient avec moi quand nous l'avons trouvé, mentis-je en dressant le menton. Il a rendu l'âme sans pouvoir me raconter quoi que ce soit.

Il y eut un échange de regards inquisiteurs, mais on ne me posa pas de question. Cette demi-vérité était la meilleure alternative. Les membres de la garde n'iraient pas chercher plus loin. Un léger soulagement chassa la tension dans mes muscles. Au moins, la fille du baron Dubanes ne serait pas accusée à tort. Il était impossible de prouver qu'elle était la première sur les lieux. Sur ce coup, je devais une fière chandelle à Callie Pyrrha.

– J'en déduis qu'il est inutile de les interroger ? demanda quand même le chef de la troupe.

– Ces délicates créatures vont avoir du mal à s'en remettre, rétorquai-je d'un ton sévère. L'une d'elles a failli perdre connaissance en voyant tout ce sang. Insinuez-vous qu'une respectable fille de Khilan puisse être liée à cela ?

– Bien sûr que non, Sire, s'offusqua-t-il. Quelle est la marche à suivre ?

– Déplacez le corps là où on ne risque pas de le trouver. L'attaque a eu lieu en même temps que la chute du chandelier. Une enquête approfondie doit être menée pour élucider le lien entre les deux évènements.

– Le meurtrier savait où et quand frapper, confirma le garde. L'accident dans la salle de bal a servi de distraction. Nous avons affaire à un archer confirmé. Une seule flèche lui a suffi à abattre sa cible.

– Cette mort ne doit pas arriver aux oreilles des nobles avant demain, décrétai-je d'une voix sans appel. La cour a été suffisamment ébranlée par l'issue du bal. Un assassin se promène en liberté dans les couloirs de Catarrias. Rien ne prouve qu'il ne frappera pas de nouveau.

– Nous mettrons la main sur lui avant, Sire. Ce crime ne restera pas impuni, je vous en fais le serment.

Dans un mouvement commun, les gardes s'inclinèrent en posant un genou à terre. Derrière une attitude placide, ils cachaient un ressentiment identique au mien. On s'était joué d'eux ce soir, et il en allait de la réputation de la Garde royale.

– Une dernière chose, achevai-je. Des gardes seront tenus de veiller à toute heure sur les appartements du roi Damian. Ne le quittez des yeux sous aucun prétexte.

***

Des nobles se précipitèrent sur moi au moment où je regagnai la salle de bal. J'écoutai leurs pleurnicheries en m'exhortant à la patience. Je n'osais imaginer leur réaction en apprenant qu'un homme venait d'être sauvagement assassiné. Les jours à venir risquaient de plonger ce beau monde dans un chaos complet. Je réprimai un rire désabusé. L'accident avait fait une dizaine de blessés. Pourtant, l'interruption du bal était la principale préoccupation des courtisans.

Des domestiques avaient débarrassé le chandelier endommagé, mais des bouts de cristal brillaient au sol. De la cire fondue avait éclaboussé les tables. Je parcourus la pièce en repoussant les images tapies dans mon cerveau. J'aurais tout le loisir de les laisser me hanter par la suite. Je devais d'abord vérifier que Kassandre allait bien. Ce qui venait de se produire avait eu pour avantage de me conforter dans ma décision. En tant que second fils de Damian, Oris ne ferait pas long feu à la cour.

Sur son trône. La reine se faisait masser les mains par ses dames de compagnie. Ces dernières suspendirent leurs gestes en m'apercevant. D'instinct, je baissai les yeux sur mes vêtements. Un bref passage par mes appartements m'avait permis de troquer mon pantalon et mes souliers souillés contre un change identique.

– Madame ? Comment vous sentez-vous ?

Kassandre congédia ses suivantes d'un signe du menton. Un soupir affligé s'échappa de ses lèvres.

– Cette soirée a tourné au fiasco, commenta-t-elle avec amertume. Je voulais que tout soit parfait.

– Rien n'est de ta faute, la consolai-je. Des forces obscures œuvrent contre nous, mais je ne les laisserai pas l'emporter.

Je pouvais la tutoyer à ma guise maintenant que ses compagnes n'étaient plus là. Ma belle-mère m'adressa un regard interrogateur. Je secouai la tête avec tristesse.

– Repose-toi, demain est un autre jour.

– Attends ! me retint-elle en me voyant tourner les talons. Je te dois des excuses. Je me suis montrée trop dure avec toi.

Un regret sincère émanait de sa voix. Ce rameau d'olivier m'arracha un sourire authentique. J'eus l'impression qu'on venait de me retirer un immense fardeau.

– Nous parlerons au lever du soleil, soufflai-je. Paris s'attend à ce que j'aille prendre de ses nouvelles.

– Naturellement, concéda Kassandre avec plus de froideur. Tu lui transmettras mes vœux de bonne santé.

Je fis mine de ne pas remarquer le mépris affiché sur ses traits. Son regard me transperça la nuque jusqu'à ce que je sois hors de sa vue.

Un quart d'heure plus tard, je trouvai une femme au chevet de Paris. C'était la baronne Dubanes, qui présentait une ressemblance indéniable avec Sybille. Légèrement perturbé, je restai debout à l'entrée de la chambre.

– Votre Majesté, me salua-t-elle avec dignité. Je viens de lui administrer une drogue somnifère pour l'apaiser. Son agitation empirait la douleur.

– Inutile de parler de moi comme si j'étais absent, intervint le duc d'une voix faible.

– Puis-je vous demander la raison de votre présence, baronne ? m'enquis-je en essayant de rester courtois.

– Monsieur le duc a fait une mauvaise chute en me secourant, expliqua la dame d'un ton doux. J'étais juste en dessous du chandelier, et il s'est jeté sur moi pour me mettre à l'abri du danger.

Elle gratifia l'intéressé d'une moue faussement réprobatrice. La tête appuyée contre un oreiller en plume, Paris arborait un teint cadavérique. J'avisai son épaule en écharpe et ses traits crispés par la souffrance. Mon malaise dut se lire sur mon visage, car ses lèvres tremblantes s'étirèrent en un sourire.

– Je serai vite remis sur pied, assura-t-il.

– Mon père était apothicaire, précisa la baronne en désignant les fioles posées sur la table de chevet. Il m'a transmis une partie de son savoir.

– Je dois m'entretenir seul avec le duc, déclarai-je. Pourriez-vous nous laisser ?

J'avais formulé ma requête avec plus de brusquerie que j'en avais eu l'intention. C'était plus fort que moi. J'avais besoin de faire à Paris le récit de ma soirée. Un fouillis d'émotions menaçait de m'engloutir tout entier. Mon souffle se raccourcissait sans l'influence d'un effort physique.

– Il ne restera pas alerte très longtemps, me prévint la baronne. Il a besoin d'une bonne convalescence.

– Je veillerai à ce que le duc de Pellias bénéficie des meilleurs soins possibles, ripostai-je d'un ton abrupt.

Elle n'insista pas et sortit de la chambre dans un bruissement de taffetas. J'attendis que la porte se referme avant de fulminer :

– Qu'est-ce qui t'a pris de jouer les héros ?

– Tu aurais fait pareil à ma place, marmonna Paris en grimaçant. Je pense que la drogue commence à faire effet. Je ne sens presque plus mon épaule…

En le voyant papillonner des paupières, je compris qu'il luttait pour garder les yeux ouverts. Son corps paraissait démuni et semblait s'enfoncer entre les draps. Des larmes de frustration me brûlèrent les paupières. La fragilité du duc me transportait deux ans en arrière. J'avais détesté assister au déclin du roi Damian. Était-ce ainsi que les choses se passeraient dorénavant ? Les membres de ma famille perdraient-ils leur vitalité les uns après les autres ? Finirais-je par me retrouver seul contre le reste du monde ?

– Je ne compte pas mourir, continua-t-il en remarquant

mon expression rembrunie.

– Pourquoi être resté aussi longtemps ? le blâmai-je sans pouvoir m'en empêcher. Tu détestes le bal de Séléné. L'année dernière, tu y avais passé une vingtaine de minutes !

– Je me suis attardé dans l'intention de te parler, répondit le duc d'une voix pâteuse et entrecoupée de pauses. J'attendais de pouvoir t'attirer à l'écart… puis je me suis ravisé. Je ne voulais pas gâcher ta soirée… tu avais enfin l'air de t'amuser.

– Ne me dis pas que tu as remis une affaire urgente à plus tard ?

Un terrible doute m'envahit et un bourdonnement s'installa dans mes oreilles. Paris était à deux doigts de sombrer dans l'inconscience, mais je devais obtenir une réponse. Il disposait peut-être d'une information susceptible d'être reliée au meurtre. Et si cette piste avait pu contrecarrer les plans de l'assassin ?

– Tu méritais bien une nuit d'insouciance, protesta-t-il d'un ton quasi inaudible. J'ai reçu des nouvelles de Cidia. La dynastie Alcyon a été renversée… Astoria est emprisonnée depuis plusieurs jours.

– Par qui ? criai-je avec affolement. Qui est à l'origine de ce coup d'État ?

Le convalescent ferma les yeux, et je répétai ma question en tapant du pied. Seule sa respiration endormie me répondit.

CHAPITRE 20

PHOEBE.

– Tu dois te débarrasser de tes vêtements ! avertis-je Sybille. La robe est ruinée de toute manière.

De la terre et du sang séché maculaient la dentelle du corsage. Rien n'indiquait que la jeune femme m'avait entendue. Elle était aussi amorphe que lorsque nous l'avions ramenée dans sa chambre. Je jetai un regard de détresse à Vittoria. Cette dernière s'appliquait à allumer un feu dans la cheminée en pierre. Même au début de l'été, la froideur du palais poussait les habitants à chauffer leurs appartements.

– Yeorgia, j'ai besoin d'aide, m'impatientai-je.

Mon regard inquiet demeurait rivé sur la porte close. Je craignais que quelqu'un cherche à entrer dans la pièce. Comme si elle avait lu dans mes pensées, Sybille se redressa en s'agrippant à ma main. Ses doigts étaient glacés entre les miens.

– Ma mère risque d'aller à ma recherche, chuchota-t-elle. Elle ne doit rien suspecter.

– Tu prétendras avoir quitté la soirée plus tôt à cause d'une migraine. Tout ira bien, le roi croit en ton innocence. Il te protégera des calomnies !

Elle acquiesça avant de défaire les nœuds qui retenaient sa robe. Je l'aidai à se déshabiller avec un soupir de soulagement. Le visage sérieux, Vittoria roula la robe en boule puis la jeta dans le foyer. Les gants déchirés connurent le même sort. En silence, nous regardâmes les hautes flammes orangées lécher la soie.

– Je pourrai toujours trouver une excuse à la disparition de cette tenue, renifla Sybille. Ce sera plus facile qu'expliquer pourquoi elle était couverte de sang.

– Qui était cet homme ? demanda Vittoria d'une voix dénuée d'émotion.

– Le médecin de la famille royale. Il prenait soin du roi Damian et a assisté la reine Kassandre lors de la naissance du jeune prince.

Elle ne chercha pas à essuyer ses joues humides. Je savais exactement ce qui se déroulait au fond d'elle-même. Son esprit allait rejouer l'évènement jusqu'à en mémoriser les détails les plus sordides. Le souvenir de cette nuit ne lui laisserait aucun répit. L'insomnie la guetterait à chaque fois qu'elle se glisserait dans son lit.

– Pourquoi lui ? gémit Sybille. Qui aurait bien pu commettre un acte aussi infâme ?

– Une personne désireuse de le faire taire, répondis-je du bout des lèvres.

– Il faisait tellement sombre ! Je n'ai rien vu à part le corps, j'ignore d'où cette flèche aurait pu être tirée.

– Nous ne remettons pas ta parole en doute, la réconfortai-je.

– J'ai eu de la chance que le roi m'entende hurler, renchérit-elle. Il se serait montré moins clément s'il n'avait pas assisté à la scène en personne.

Vittoria tourna le dos à la cheminée. Son maintien rigide trahissait une méfiance subite.

– Vous vous êtes exposée à un grand risque, mademoiselle Dubanes, affirma mon alliée. Le meurtrier rôdait sans doute dans les parages. Qu'auriez-vous fait s'il vous avait attaquée ?

Son regard se posa brièvement sur moi. Sa question n'était pas dirigée qu'à l'intention de Sybille. Une leçon de morale m'attendait au tournant.

– Tu peux te fier à nous, promis-je à Sybille. Dis-nous pourquoi tu t'es isolée des autres.

Tiraillée, la jeune femme dissimula son visage derrière ses mains tremblantes.

– Je préfère vous montrer, ce sera plus simple, murmura-t-elle finalement.

Mue par une détermination nouvelle, elle ajusta sa chemise puis s'agenouilla sur l'épais tapis. Confuse, je la regardai glisser la tête sous le lit pour en extirper un objet. Vittoria poussa une exclamation stupéfaite.

– Vous avez vu juste, Yeorgia, lâcha Sybille. Parmi les habitants de Catarrias, les femmes sont les plus vulnérables. Il y a de cela longtemps que j'en ai pris conscience. Je n'aurais eu aucun moyen de me défendre si le tueur m'avait prise pour cible. Traitez-moi d'illuminée si cela vous chante, j'estime que les choses doivent changer.

Elle tenait un long arc ciselé entre les mains. Le carquois de flèches était posé par terre.

– Mon père le baron m'a appris à m'en servir, précisa-t-elle. Je cours m'exercer derrière les écuries dès que je le peux. Bien entendu, je fais toujours attention de ne pas être suivie. Le bal de Séléné n'était qu'une perte de temps à mes yeux. Comme on ne faisait pas attention à moi ce soir, je me suis dit que c'était l'occasion de m'entraîner à tirer dans le noir.

– Tu projetais de récupérer ton arc dans cette chambre avant de te rendre aux écuries, compris-je. Pourquoi avoir exécuté un détour aussi important ?

– Je voulais être certaine de ne pas croiser d'invités dans les couloirs. Alison Niklaus est constamment à l'affût d'un moyen de m'humilier aux yeux des autres. Vous avez dû remarquer que le passage menant de la cour d'entrée à l'aile des chambres est bien plus discret.

Sur les ordres du souverain, nous avions emprunté un raccourci qui nous avait permis d'éviter les lieux de rassemblement des nobles. Vittoria gardait les yeux rivés sur l'arc en bois. Son expression se trouvait à mi-chemin entre l'admiration et le scepticisme.

– Les apparences sont contre vous, mademoiselle, déclara-t-elle en croisant les bras. Le roi a accepté de vous couvrir, mais rien ne prouve qu'il ne reviendra pas sur sa décision. Je ferais profil bas à votre place. Le médecin a été abattu d'une flèche dans la poitrine, et vous en possédez tout un carquois.

Blême, Sybille se laissa tomber sur son lit. Ses taches de rousseur formaient une constellation sur son visage effrayé.

– Le meurtre ne restera pas un secret très longtemps, méditai-je à voix haute. La cour sera bientôt dans tous ses états et l'étau risque de se resserrer autour de Sa Majesté. Il pourrait être tenté de vous livrer comme bouc émissaire.

– Non, souffla-t-elle. Je suis persuadée que le roi est un homme bon. Je ne crois pas à tout ce qu'on dit de lui.

– Toute bonté est réduite à néant quand il est question de conserver un pouvoir établi, rétorqua Vittoria d'un ton brusque.

Elle ponctua ses paroles d'un regard courroucé dans ma direction. Il n'y avait plus de doute à avoir. Mon amie m'en voulait de notre implication. Qu'on le veuille ou non, nous partagions désormais un dangereux secret avec Sybille et Emrys. Si nous étions les alliées de la première, le second n'hésiterait pas à planter le dernier clou dans nos cercueils.

– J'entends des pas dans le couloir, nous alerta Sybille en s'empressant de remettre son arme à sa place.

Elle se blottit dans son lit au moment où la baronne ouvrait la porte à la volée. L'air tourmenté de la nouvelle venue s'adoucit lorsqu'elle posa les yeux sur sa fille.

– Tu es là ! s'exclama-t-elle avec un soulagement évident. Je ne te trouvais nulle part, Sybille. J'avais peur qu'il te soit arrivé malheur.

– Je me suis sentie souffrante, Mère, se justifia la concernée d'une voix convaincante. Callie et sa demoiselle de compagnie ont eu la gentillesse de me raccompagner.

– C'était très attentionné de votre part, mademoiselle Pyrrha. Je…

Madame Dubanes se tut brusquement, et une pierre me tomba dans l'estomac.

– Le bal a pris fin de manière inattendue. Je suppose que vous n'êtes au courant de rien ?

***

– Ce n'est pas ainsi que j'imaginais mon premier bal, ricanai-je en retirant mes chaussures satinées.

Assise au bord de mon lit, je me massai la plante des pieds tandis que Vittoria rangeait sa dague dans sa cachette. Les gestes distraits, elle remit la latte de parquet à l'endroit en la recouvrant d'un pan du tapis.

– Vous aviez l'air de passer un bon moment rétorqua-t-elle. Callie Pyrrha n'a pas laissé la noblesse de Catarrias indifférente.

Je ne pus réprimer un sourire satisfait. Mon personnage était bel et bien intégré au sein de la haute société Khilanienne. Les plus illustres familles continuaient de me prendre de haut, mais je m'en moquais. La première partie de la soirée avait déjoué toutes mes inquiétudes. Je n'avais pas commis le moindre impair et mon carnet de bal s'était rempli à toute vitesse. Ces nombreuses invitations étaient à mettre sur le compte de ma valse avec Emrys.

– Je ne vous reprocherai pas d'avoir pris du plaisir lors des festivités, poursuivit Vittoria en venant vers moi. Je dois avouer que le bal de Séléné était à la hauteur d'une princesse de Cidia. En revanche, je m'interroge quant à vos projets avec le roi.

– J'ai envisagé de le faire lorsque nous étions dans le jardin, avouai-je avec appréhension. Emrys avait plus que jamais baissé sa garde. L'idée de l'embrasser m'a sérieusement traversé l'esprit. Cela n'a duré qu'une fraction de seconde, puis je suis revenue à la raison.

Une expression alarmée apparut sur ses traits.

– Si vous aviez tué Emrys Hartless ce soir, répliqua-t-elle d'une voix raide, nous aurions eu peu de chances de nous enfuir vivantes de Catarrias. Les heures de Cidia sont comptées, mais ce n'est pas une raison pour délaisser toute prudence. N'agissez pas avant que la voie soit totalement libre.

– Ce n'est pas tout, repris-je en ignorant le poids qui me comprimait la poitrine. Je veux découvrir les plus infâmes secrets de Khilan. Cela peut toujours jouer en faveur de notre royaume. Je ferai le nécessaire pour continuer de gagner la confiance d'Emrys. C'est pour cette raison que je me suis lancée à sa poursuite. Je dois consolider le lien ténu que je perçois entre nous.

Au lieu de l'apaiser, mes paroles eurent l'air de piquer Vittoria au vif. Elle écarta les bras avec impuissance.

– Un cadavre est à présent impliqué, Votre Altesse. Je persiste à croire que nous n'avions pas besoin de cette complication. D'autant qu'une étroite association avec Sybille Dubanes pourrait s'avérer périlleuse.

– Sybille n'est pas si différente de nous. Qui aurait cru qu'elle aussi gardait une arme dans sa chambre ?

Ma tentative de la dérider échoua lamentablement. Les lèvres serrées, la Cidienne exécuta une révérence empreinte de résignation.

– Avec votre permission, je désire maintenant aller me coucher.

CHAPITRE 21

PHOEBE.

Je me sentais coupable de causer de l'appréhension à Vittoria. Son visage désappointé demeurait gravé sur ma rétine pendant que je défaisais ma coiffure. Perdue dans mes pensées, je démêlai mes cheveux sombres à l'aide d'un peigne en argent. J'allais avoir du mal à ôter ma volumineuse robe de bal sans l'assistance de mon amie. Une fois n'est pas coutume, la seule solution serait de faire appel à une femme de chambre.

Mes gants et le bracelet d'Emrys reposaient sur la commode en bois de sapin. Pas un son ne résonnait dans le couloir. Les habitants du palais ne rejoindraient pas leurs appartements respectifs avant plusieurs heures. C'était leur façon de prolonger la nuit d'excès dont l'accident les avait privés.

Je reposai mon peigne d'une main brusque, avant de me mettre à marcher. Je ne parvenais pas à expliquer la sensation de malaise qui ne me quittait pas. C'était comme avoir une réponse sur le bout de la langue sans réussir à la prononcer. J'en avais mal au ventre. L'image du médecin royal s'imposait à moi, suivie par celle d'une flèche à la pointe aiguisée. Cet assassinat avait un air de déjà-vu.

Une montée d'angoisse guida mes pieds nus jusqu'à la penderie, d'où je voulais extirper mon médaillon. Le sentir contre mon cœur me permettrait de réfléchir avec efficacité. Je me ravisai en me souvenant que je n'allais pas tarder à sonner une domestique. Je ne pouvais pas risquer qu'elle se mette à fureter sous le décolleté de ma robe. Mon regard fut alors attiré par un scintillement en provenance de ma commode. J'attrapai le bracelet en refermant les doigts sur les pierres froides. Ce bijou me transporta dans la salle de bal, et je repensai à ma valse avec le souverain. Au-delà de la haine et de la soif de vengeance, ce moment avait été conforme à ce que j'avais anticipé. De l'extérieur, je n'avais ressemblé à rien d'autre qu'une débutante émerveillée par la féerie du bal. Pas une princesse ennemie ni une tueuse impitoyable.

Un coup timide frappé à la porte me tira de mes pensées. Certaine qu'il s'agissait de Vittoria, je courus ouvrir après avoir reposé le bracelet. Je tombai des nues en découvrant Emrys à l'entrée de ma chambre. Lui aussi était toujours en tenue de soirée. Un sourire incertain flottait sur ses lèvres. Les jambes soudain molles, je m'adossai au chambranle de la porte.

– Je tenais à m'assurer que vous alliez bien, commença-t-il en se frottant la nuque.

Le monarque désigna la pièce du menton :

– M'autorisez-vous l'accès à vos appartements ? Une conversation délicate s'impose.

– Le palais de Catarrias est votre maison, répondis-je d'une voix blanche. Vous ne devriez pas avoir à me demander la permission.

– Oh Callie, soupira-t-il d'un air sincèrement déçu, pour quel rustre me prenez-vous ?

Je déglutis en pesant le pour et le contre. Je pouvais toujours prétexter une indisposition ou mettre mon refus sur le compte des convenances. Cette chambre était mon seul refuge à Catarrias, elle comportait des objets susceptibles de me trahir. Même les allées et venues des domestiques étaient restreintes. Et s'il marchait par inadvertance sur la latte secrète de Vittoria ? D'un autre côté, j'étais curieuse d'entendre ce qu'il avait à dire. Sa présence prouvait que je gagnais du terrain. L'étage était désert, nous allions enfin être réellement seuls.

– Prenez garde à ne rien déranger, s'il vous plaît, le sommai-je. Une dame n'aime pas qu'on touche à ses affaires.

D'un geste délicat, j'attrapai son poignet afin de le guider à l'intérieur. Il me suivit sans opposer de résistance, et nous restâmes loin de la cachette d'armes. Je retournai m'asseoir sur mon lit, alors qu'Emrys restait debout près de moi. Il paraissait tellement embarrassé que c'en était presque comique.

– Mademoiselle Dubanes est-elle en sécurité ? s'inquiéta-t-il en se raclant la gorge.

– Sybille est bouleversée. Elle redoute les conséquences de s'être trouvée au mauvais endroit au mauvais moment.

– Sybille est sous ma protection, riposta le jeune homme d'un ton imperturbable. Mes gardes la laisseront en paix durant l'investigation. Un roi sans parole ne mérite pas de régner. C'est une leçon que mon père m'a apprise.

Un feu ardent animait ses prunelles bleues. Il n'avait pas élevé la voix, mais je résistai à l'envie de me tasser sur moi-même. Sa haute stature prenait trop de place dans cet espace restreint. Immobile et droit comme la justice, il m'évoquait l'une des statues du temple d'Adis. Les mots jaillirent d'eux-mêmes de ma bouche :

– Pourquoi la protégez-vous ? Ne serait-ce pas plus simple de la jeter en pâture aux nobles ?

– Lors de mon couronnement, j'ai juré de protéger mes sujets quoi qu'il m'en coûte, répondit Emrys. Autoriser la cour à calomnier Sybille détournerait l'attention du vrai meurtrier. Cela lui laisserait le champ libre pour perpétrer un bain de sang.

Je clignai des yeux, surprise par la confiance avec laquelle il énonçait ses principes. *Protéger mes sujets quoi qu'il m'en coûte.* Ce serment sonnait étrange à mes oreilles. Je ne me souvenais pas l'avoir déjà entendu de la bouche de mon père. Je chassai mon trouble en voyant Emrys s'asseoir précautionneusement sans détacher ses yeux de mon visage. Un accès de chaleur me monta à la tête lorsque son genou frôla le mien.

– Assez parlé de la fille du baron, décréta-t-il d'un ton calme. Pourquoi n'êtes-vous pas plus affectée par les évènements de la soirée ?

– J'ai vu les corps carbonisés des derniers membres de ma famille après l'incendie, mentis-je dans un filet de voix. Depuis, il en faut beaucoup pour m'ébranler.

– Pardonnez mon manque de délicatesse, murmura-t-il avec un mouvement de recul.

Je feignis d'observer un silence mélancolique. Le sort tragique de la famille Pyrrha était ma meilleure carte à jouer.

– Vous êtes une jeune femme très courageuse, commenta Emrys avec douceur.

Aussi exécrable me soit cette pensée, je savais qu'il avait raison. Il fallait du courage pour suivre aveuglément une destinée pavée de sang et de violence. Je pris une profonde inspiration avant de reprendre la parole :

– Que se passera-t-il demain ?

– Un couvre-feu sera instauré à vingt heures. Mes gardes démasqueront l'archer avant qu'il fasse une seconde victime.

– Le médecin de Sa Majesté votre père n'a pas été choisi par hasard, n'est-ce pas ?

Je redoutais de provoquer sa colère. Au lieu de cela, ses traits se plissèrent comme s'il venait de recevoir un coup d'épée. Un muscle tressauta sur sa mâchoire.

– Nous avons des raisons de croire qu'il s'agit d'une conspiration, Callie. Le chandelier de la salle de bal a été saboté pour attirer les gardes ailleurs.

– Avez-vous un suspect ? chuchotai-je en frissonnant.

– Cela ne saurait tarder, admit-il avec réticence. Ma priorité pour l'instant est de protéger le roi Damian. Theos avait fait une découverte à propos de sa maladie, mais ce secret est perdu pour toujours.

Une réalisation brutale me tomba dessus. Le point faible d'Emrys Hartless n'était autre que son père. Je me demandais comment il réagirait en apprenant l'ignoble rumeur qui s'était répandue deux ans plus tôt. Serait-il dévasté qu'on le croie capable de faire du mal à Damian ? Ou ferait-il étalage de sa férocité coutumière ?

– Conservez-vous beaucoup de souvenirs de l'époque où il est tombé malade ? l'interrogeai-je.

Le souverain s'humecta les lèvres et acquiesça avec raideur.

– Mon père m'avait fait jurer de taire certains aspects de son affliction, murmura-t-il. Je commence à croire que respecter sa volonté n'est pas la meilleure manœuvre.

Interloquée, je plissai le front. Je le regardai se prendre la tête entre les mains avec un soupir las. Cette vision remua quelque chose dans ma poitrine.

– Certains aspects de son affliction, répétai-je. Emrys… de quoi parlez-vous ?

Il garda le silence tellement longtemps que je n'étais pas sûre qu'il m'ait entendue. Au final, le jeune homme releva le menton dans une attitude résolue. Je laissai échapper un glapissement en sentant sa main puissante se refermer sur mon avant-bras.

– Ce que je m'apprête à vous dire ne doit jamais sortir de cette pièce, me glissa Emrys à l'oreille. Si j'apprends que vous avez failli à cette promesse, comptez sur moi pour vous le faire regretter.

Je me détestai pour la chair de poule qui recouvrit mes bras. La voix du roi avait retrouvé son timbre suave aux accents menaçants. Son amabilité n'était qu'un lointain souvenir. Je repoussai aussitôt tout sentiment de déception. Ce qui m'importait était d'en apprendre plus sur Damian Hartless.

CHAPITRE 22

PHOEBE.

– Tout a commencé par une forte fièvre, raconta Emrys, le regard perdu dans le vide. De crainte d'alarmer la cour, mon père a minimisé la situation. Il m'a chargé de le remplacer au sein du conseil pendant qu'il se soignait seul. J'ai fait croire à tout le monde que le roi me mettait à l'épreuve.

Le jeune homme marqua une pause, les traits teintés d'indécision. L'espace d'une minute, je fus convaincue qu'il allait changer d'avis et quitter la chambre en trombe. Finalement, il contracta les poings jusqu'à blanchir ses phalanges. C'était la posture d'un individu épuisé de porter son fardeau seul, et prêt à accepter la compassion d'une autre personne. Moi, en l'occurrence.

– Trois semaines après la fièvre, des marques sont apparues sur sa peau, reprit-il en détachant les syllabes. Elles formaient des entrelacs violacés sur ses bras et ses jambes. Je ne saurais expliquer la suite. Le roi Damian est devenu méconnaissable. Il se montrait souvent incohérent et erratique. J'ai dû l'empêcher de prendre des décisions politiques irraisonnées.

Une profonde horreur se répandit dans mes veines. Ce récit éveillait en moi une impression de familiarité. Je me penchai vers lui en l'écoutant continuer d'une voix étranglée :

– La mémoire de Père lui faisait défaut. Il ne gardait aucun souvenir de ses crises d'agressivité.

– Sa Majesté n'avait pas conscience de ses agissements ?

hésitai-je.

– Père était entièrement soumis au mal qui l'habitait. Parfois, il me faisait penser à un pantin désarticulé que la maladie maniait à sa guise. Les marques ont fini par disparaître, mais c'est là qu'il s'est enfoncé dans le sommeil.

Je tournai le visage vers ma tête de lit afin de masquer mon affolement. Le son de mon cœur qui cognait mes côtes envahit mes tympans.

– C'est affreux, murmurai-je tant à l'intention d'Emrys que de moi-même.

– Seule sa fièvre a été rendue publique, admit le roi en croisant les bras. J'étais jeune et effrayé lorsque j'ai consenti à étouffer le reste.

– D'après vous, pourquoi votre père tenait-il tant à ce silence ?

– Je pensais que c'était par honte. Néanmoins, le sort de Theos me pousse à réévaluer mes hypothèses.

Sa voix mourut sur ses lèvres et sa mine se fit pensive. Je remarquai que les muscles de ses épaules étaient moins tendus. Se confier à moi avait eu le mérite d'alléger son tourment. Hélas, je ne pouvais pas en dire autant. Cette révélation au sujet de l'ancien roi changeait tout. Une théorie glaçante venait de germer dans mon esprit, et il s'en fallait de peu pour la confirmer. Je levai les yeux au plafond en proférant un appel silencieux aux dieux. Si Damian Hartless était réellement victime d'un maléfice du sang, nul n'était à l'abri. Je contemplai Emrys avec une émotion proche de la pitié. Où qu'il soit arrivé dans son raisonnement, il se trouvait à des lieues de la vérité.

Le monarque fit soudain pivoter son corps dans ma direction. Son visage ressemblait de nouveau à un masque de marbre. Un nœud se forma dans mon estomac.

– Regrettez-vous déjà de m'avoir confié tout cela ? demandai-je spontanément.

– Je ne comprends pas ce qui m'arrive. Le duc de Pellias a

été grièvement blessé ce soir. Je présume que cela fait remonter de vieilles douleurs à la surface. Je ne m'autorise que de rares moments de faiblesse, et je n'aimerais pas que celui-ci se retourne contre moi. Ne trahissez pas ma confiance Callie, sinon…

– Vous m'infligerez une sanction à la hauteur de mon insolence, achevai-je en arquant un sourcil. Vous vous répétez, Emrys.

Ma répartie lui coupa la parole un instant. Un sourire se mit à jouer sur ses lèvres pleines, et je me sentis manquer d'air. En me rendant visite, mon ennemi s'était jeté tout seul dans la gueule du loup. C'était l'opportunité que j'avais attendue de pied ferme. Nos visages étaient tous proches, nos souffles se mêlaient presque. Je n'avais qu'à réduire l'espace entre nous pour mettre fin aux malheurs de Cidia. Un simple baiser suffirait à venger mes parents et à apaiser le mécontentement d'Adis.

Une fois le roi mort, je pourrais rejoindre Vittoria dans ses appartements. Nous profiterions de l'effervescence qui régnait à Catarrias afin de fuir. Les gardes ne trouveraient pas la dépouille avant le lever du soleil. Ma chambre serait le dernier endroit qu'ils envisageraient de fouiller. Je rentrerais à la maison triomphante. Tout cela ne serait plus qu'un mauvais souvenir.

Cette vision libératrice se brouilla quand Emrys tendit une main vers moi. Il enroula une mèche de ma chevelure aile de corbeau autour de son index. Je fus étonnée de trouver ce contact agréable. Un doux chatouillement se propagea au sommet de mon crâne, et je me secouai intérieurement. À quoi bon me laisser distraire si près du but ? Lui-même n'avait pas hésité à faire tuer les monarques de Cidia. Il méritait le traitement que je lui réservais.

Emrys tressaillit quand je posai les paumes sur son torse. Mes doigts se faufilèrent au centre de sa cage thoracique. Je percevais les battements effrénés de son cœur sous l'étoffe de sa veste blanche. J'avais hâte de les réduire au silence. Je comptais bien savourer ma vengeance. Ses lèvres s'entrouvrirent d'instinct, ses mains glissèrent le long de mes bras nus. Je retins mon souffle en le sentant me ceinturer les poignets.

– Venir ici était une erreur, lâcha-t-il en me repoussant sans brusquerie. Je ne voulais pas vous donner une fausse impression.

Une boule m'obstrua la gorge quand le jeune homme sauta sur ses pieds. Mes ongles s'enfoncèrent dans la chair tendre de mes paumes. Je regrettais de ne pas savoir me servir d'une épée. L'envie de recourir à l'une des armes de Vittoria se faisait plus forte à chaque seconde.

– Emrys, le retins-je, je ne voulais pas…

– Nous sommes tous à cran, me coupa-t-il en secouant la tête. Ce n'est pas une raison pour faire quelque chose que nous regretterions au lever du soleil. Je ferais mieux de m'en aller.

Sa froideur me fit l'effet d'une gifle. Mon regard tomba sur la petite sculpture en marbre posée près de la penderie. Je pouvais m'en servir pour l'assommer, puis l'achever grâce à mon pouvoir. Je n'eus toutefois pas le temps de me décider. Le monarque se dirigeait d'un pas ferme vers la porte. Une main sur la poignée, il me lança par-dessus son épaule :

– Soyez prudente à l'avenir, Callie. Évitez de vous promener seule dans le palais, en particulier la nuit. Ne quittez plus votre demoiselle de compagnie.

Emrys quitta enfin ma chambre. Mes genoux cédèrent sous mon poids, et je me laissai tomber au sol. Je me mordis le poing afin d'étouffer un sanglot de rage. J'avais été à deux doigts d'accomplir ma mission sans éveiller de soupçon. Après tout, quoi de plus innocent qu'un baiser ? Le bal de Séléné m'avait offert un contexte favorable qui ne se présenterait pas deux fois. De retour à la case départ, je pestai contre ma lenteur et ma stupidité. Cet échec cuisant m'obligeait à revoir mes plans. Le souverain ne me laisserait plus l'approcher aussi facilement.

– Douce Dyena, priai-je à voix basse. Donnez-moi la force d'aller de l'avant.

Le front appuyé contre mes genoux, je me roulai en boule sur le sol froid. J'inspirai par le nez et expirai par la bouche. Je répétai cet exercice à de nombreuses reprises en repassant les derniers évènements dans mon cerveau. Cette nuit n'avait pas été un gâchis total. Ma découverte sur le roi Damian en valait la peine. C'était un secret susceptible de redistribuer les cartes. Les signes décrits par Emrys correspondaient à ceux d'un maléfice de sang.

J'avais des sueurs froides rien qu'en y pensant. Cette magie noire était prohibée à Cidia depuis plusieurs siècles. S'y livrer de nos jours était un crime passible de mort. Le maléfice de sang puisait sa puissance dans une invocation faite à Lurena, la plus versatile et dangereuse de nos déesses. Ses adeptes étaient prêts à lui offrir leurs âmes contre ce pouvoir destructeur. Le sortilège visait à exercer un contrôle total sur sa victime. Les marques violacées sur le corps de Damian étaient en réalité des symboles maléfiques. Emrys se trompait : elles n'avaient pas disparu, elles s'étaient seulement estompées avec le temps. L'emprise était, à ma connaissance, éternelle et indestructible.

Vittoria avait vu juste : Catarrias abritait la plus grande malfaisance que nous connaissions. Un mage noir avait pris les Hartless pour cible. Alors que des dizaines de Cidiens se faisaient brûler à la frontière, *lui* évoluait en toute impunité parmi la noblesse de Khilan. Ce soir, il s'était rendu responsable du meurtre du médecin royal. Les gardes avaient tout faux en soutenant pouvoir l'arrêter. Cet individu leur broierait les os en un claquement de doigts. Sans compter qu'il agissait sans doute avec la complicité de quelqu'un d'autre. Le tueur avait laissé ses larbins accomplir la sale besogne. Ce n'était pas lui qui avait tiré la flèche ni endommagé le chandelier.

– Une flèche, murmurai-je en me tapotant les tempes. Une flèche…

Le plus douloureux de mes souvenirs émergea des méandres de mon esprit. Je compris enfin ce qui me taraudait depuis que j'avais vu le corps de Theos.

Mes parents avaient aussi été assassinés par le biais d'une flèche.

CHAPITRE 23

PHOEBE.

Mes tourments me drainèrent toute énergie. Abattue, je finis par m'assoupir à même le tapis rugueux. Je rêvai d'abord de mes appartements au palais de Sunscar. Je revis le mobilier épuré et les baies vitrées gorgées de soleil. Un sourire aux lèvres, j'ouvris les bras en tournoyant sur moi-même. Tout était conforme à mon souvenir. La coiffeuse en bois de houx croulait toujours sous les accessoires de cheveux et les pommades parfumées. Dans un vase en terre cuite, mes roses blanches resplendissaient de santé. J'avais pour habitude d'en cueillir tous les matins.

L'obscurité envahit la pièce au moment où j'effleurais les pétales. Je me figeai en regardant le décor disparaître peu à peu. La chambre laissa place à une réplique de l'Entre-deux. Son sol évoquait une mare d'encre infinie, mais les murs d'onyx étaient étrangement rapprochés. Les proportions exiguës de cet espace me donnaient l'impression d'être enfermée dans une boîte.

– Astoria ! appelai-je en avançant de quelques pas.

Je ne pouvais pas être seule, ma magie ne me permettait pas de générer un cadre pareil. La voix de ma sœur s'éleva avec faiblesse :

– Mes pouvoirs ne sont plus assez forts, déclara-t-elle. Je suis incapable de projeter mon corps près du tien.

Décontenancée, je rejetai la tête en arrière. Ses paroles semblaient provenir du plafond de ténèbres qui me surplombait.

– Où suis-je ? m'écriai-je. Je croyais que l'Entre-deux avait été détruit !

– Cet endroit n'en est qu'une pâle copie, m'expliqua Astoria d'un ton pressant. L'existence de l'Entre-deux était étroitement liée à ma magie, qui faiblit désormais à grande vitesse. La puissance de mes dons est réduite à une fraction négligeable, et j'ai peur que cela empire dans les prochaines semaines.

Ses intonations anxieuses étaient en adéquation avec l'horreur de son discours. Je puisai en moi la sagesse nécessaire pour relativiser. Même si elle ne me rassurait pas, je disposais d'une explication rationnelle à ce qui s'était produit la dernière fois.

– Nous n'avons pas beaucoup de temps ! Phoebe, tu dois m'écouter avec attention. J'avais raison à propos d'Asher Calbel. Ses partisans et lui ont pris le palais d'assaut trois jours après la disparition de l'Entre-deux. Les quelques gardes qui m'étaient restés loyaux se sont battus en vain.

Mes jambes se changèrent en coton. Mon monde venait de s'écrouler de nouveau.

– Je suis tellement désolée, geignis-je en plaquant une main contre ma poitrine. J'aurais dû t'écouter au lieu de m'obstiner à le défendre.

– Ressaisis-toi, ma sœur ! siffla-t-elle. L'heure n'est pas aux pleurnicheries. Je suis indemne, si c'est ce qui t'inquiète. Asher m'a fait enfermer dans ma chambre. On me surveille nuit et jour.

– Est-ce qu'il prévoit de s'autoproclamer roi ? demandai-je, prise de nausée.

– Je l'ignore, tant on m'autorise peu de contact avec le monde extérieur. En écoutant les gardes parler entre eux, j'ai compris que les plans d'Asher concernent Khilan. Son fils a franchi la frontière peu après toi.

Le souffle court, j'enfouis mon visage dans mes mains moites. Cette coïncidence ne faisait qu'amplifier mon appréhension paralysante.

– Asher a-t-il posé des questions sur mon absence ?

– Oui, répondit Astoria sans cacher son aversion. Il croit que tu as réussi à fuir Sunscar la nuit du coup d'État. Cependant, il ne reculera devant rien pour mettre la main sur toi.

– Asher est intelligent, commentai-je en me rongeant l'ongle du pouce. Ce n'est qu'une question de temps avant qu'il comprenne que j'ai quitté Cidia.

– Il n'aura pas de mal à retrouver les mercenaires qui ont supervisé ton voyage. Leur cupidité fait d'eux des alliés peu fiables. Notre plan ne sera bientôt plus un secret. Les employés du palais ont également subi un interrogatoire. Des femmes de chambre pleurent déjà ta mort, elles soutiennent que tu serais incapable de survivre hors de l'enceinte du palais.

– Qu'en est-il de l'incendie du temple d'Adis ?

– Asher en était bien l'instigateur, soupira-t-elle. Son but était de mettre la Grande Prêtresse à sa merci. Ses disciples et elle se sont barricadés dans la partie encore utilisable du temple. Je ne sais pas combien de temps ils tiendront.

Des larmes me piquèrent les yeux. Tout espoir ne serait pas perdu tant que les serviteurs des dieux ne se mêleraient pas aux rangs de Calbell.

– Quelle est la situation au palais de Catarrias ? m'interrogea brusquement ma sœur. Phoebe, j'ose espérer que tu restes concentrée sur ton objectif. Tu es l'unique chance de survie de notre royaume. Ne nous déçois pas !

Une rougeur honteuse naquit sur mes pommettes. Le ton cassant d'Astoria me fit l'effet d'une centaine d'aiguilles s'enfonçant dans ma peau. En dépit de la peine que ses remontrances me causaient, je ne pouvais pas lui en vouloir. Elle était cernée de toutes parts, soumise à une pression inimaginable. Comment pouvais-je lui raconter l'aubaine que j'avais ruinée ? L'avenir de mon pays reposait sur mon ingéniosité. Pourtant, je ne trouvais rien d'autre à faire que de me ridiculiser auprès d'Emrys.

– Il y a eu des complications, avouai-je en pesant mes mots. Je progresse aussi vite que possible.

J'eus droit à un silence pesant en guise de réponse.

– Astoria ? lançai-je timidement.

– Notre temps est bientôt écoulé, murmura-t-elle simplement. Je sens la communication s'essouffler.

Pendant une fraction de seconde, sa respiration sifflante fut tout ce qui rompait le silence. Puis, ma sœur ajouta d'une voix radoucie :

– Fais attention à toi ! Je n'ai jamais rencontré notre mystérieux cousin, mais la rumeur le dit égoïste et vicieux. C'est le digne héritier d'Asher. Si vos chemins se croisent un jour, je ne donne pas cher de ta peau.

– Je te promets de surveiller mes arrières, répliquai-je.

– Je te fais confiance, conclut-elle. Maintenant, ferme les yeux.

Je m'exécutai avec un pincement au cœur. Une vague de lumière blanche explosa autour de moi. Je serrai les paupières lorsque mes pieds décollèrent du sol. Un instant plus tard, je fus aspirée dans un tourbillon de ténèbres.

***

Des mains froides me tapotaient la figure. Mon dos était étendu contre une surface dure. Je reprenais lentement conscience, comme si mon corps s'opposait à entamer une énième matinée.

– Réveillez-vous, répétait une voix féminine. Je vous en supplie.

J'ouvris les yeux en grognant de déplaisir. Le visage alarmé de Vittoria était penché au-dessus du mien.

– Vous m'avez fait peur ! me reprocha-t-elle. Votre Altesse, pourquoi êtes-vous allongée par terre ?

– Astoria, soufflai-je. J'ai revu Astoria…

Mon amie m'aida à me redresser. J'avais la nuque raide et les membres courbaturés. De la lave en fusion semblait avoir élu résidence dans mon crâne.

– Asher Calbell l'a fait emprisonner et me cherche aussi, ajoutai-je d'une voix tremblante. Nous devons passer à l'action !

– Arrêtez d'abord de vous agiter, m'apaisa-t-elle. Vous allez vous rendre malade.

Je m'assis en tailleur en me massant les tempes du bout des doigts. Je m'étais endormie dans ma robe blanche, qui était à présent complètement froissée. Guidée par mon impatience, je tirai sur la mousseline de soie jusqu'à faire craquer les coutures. Vittoria ouvrit de grands yeux en me voyant m'extraire péniblement des jupons déchirés. Cette tenue me rappelait le fiasco du bal, et je ne supporterais pas d'être coincée dedans une minute de plus.

J'ignorai ses balbutiements confus et m'élançai vers la penderie. Je revêtis une chemise propre avant de farfouiller entre les robes avec des gestes furieux. Le métal froid de mon médaillon attisa ma rancœur. Je tournai et retournai le bijou entre mes doigts. Mon regard demeura rivé sur sa surface. Je cherchais à en mémoriser le moindre détail, de son champ doré au pourpre soutenu des tulipes.

– Le fils d'Asher est à Khilan, chuchotai-je. Te souviens-tu de lui ?

– Pas vraiment, répondit Vittoria d'un air pensif. Je me rappelle d'Owen comme d'un petit garçon très calme. Mais il ignorait qui était son père lorsque nous étions enfants. Je doute d'être en mesure de le reconnaître aujourd'hui, Votre Altesse. Trop d'années se sont écoulées.

– *Lui* n'aurait aucun problème à t'identifier, n'est-ce pas ?

La jeune femme pinça les lèvres et baissa la tête. Vittoria Sterworld était une célébrité au temple d'Adis. Elle avait hérité ses traits anguleux et son regard perçant de son illustre mère. Cette dernière était presque aussi vénérée que les dieux eux-mêmes.

– Rien ne nous dit qu'il est proche du palais de Catarrias, protesta-t-elle sans perdre son calme. Ni qu'il constituerait une menace pour vous. Peut-être désire-t-il s'éloigner de la politique de Cidia. Quiconque choisit de renier une vie au service des divinités s'expose à un sinistre châtiment. Owen en est parfaitement conscient. Nul ne l'accueillera à bras ouverts s'il retourne un jour chez nous.

Vittoria continuait d'agiter les lèvres, mais je n'entendais plus rien. Je réalisais tout juste la trahison d'Asher. Une douleur considérable s'enracinait dans mes poumons. Calbell avait été le plus grand ami de mes parents. Le confident de la reine Calliopée et l'associé du roi Matthaios. Comment avait-il pu oser dérober leur héritage ? Un doute acide me brûlait la gorge. Un coup d'État n'était pas orchestré du jour au lendemain. Asher y avait-il réfléchi durant les six derniers mois ? Ou avait-il commencé à rassembler des acolytes avant le régicide ?

Je me rendis compte que je pleurais à chaudes larmes en sentant Vittoria me prendre dans ses bras. Je me laissai aller contre la jeune femme sans opposer la moindre résistance. Cette étreinte aida mon corps à se détendre. Je cessai de grelotter au bout de plusieurs minutes. Mon amie ne me lâcha pas pour autant. Elle me frottait le dos avec douceur et patience.

– Je n'arrête pas de penser au médecin royal, souffla-t-elle toutefois. Une flèche a causé sa mort, de même que celle de vos parents. Envisager un lien entre ces deux crimes n'est peut-être pas si absurde.

Je rompis notre embrassade. Il était temps de faire passer ma conversation avec Astoria au second plan.

– Vittoria, j'ai des informations de mauvais augure concernant Damian Hartless. Nous devons à tout prix enquêter sur le meurtre de Theos.

CHAPITRE 24

EMRYS.

Le sommeil me déserta aux aurores. Mes nerfs formaient une pelote d'agressivité, et j'avais besoin d'un combat à l'épée pour me sentir mieux. Hero Avir n'hésiterait pas à m'aider, mais je préférais qu'il mette son temps à profit de l'investigation en cours. Je roulai paresseusement sur le ventre. Une lumière rosée et froide s'infiltrait à travers les fenêtres. Je la sentis caresser mon dos nu et se mêler à mon tatouage. La veille de mon couronnement, j'avais tenu à ce que les armoiries des Hartless soient représentées à l'encre sur ma peau. Enveloppée de flammes, la lame d'une épée s'étendait le long de ma colonne vertébrale. Kassandre avait bien failli ne pas s'en remettre. De la même façon qu'elle frôlerait la crise d'hystérie en apprenant que je m'étais invité dans la chambre d'une débutante.

J'appuyai les paumes contre mes yeux pour faire disparaître le visage de Callie. Le souvenir de ma visite força l'accès à mon esprit. Décidément, la jeune femme anéantissait ma capacité à faire des choix rationnels. Je détestais les réactions de mon corps lorsque elle se trouvait à proximité. Je n'étais pas sûr de ce qui avait failli arriver la nuit passée. Mes lèvres avaient paru aimantées par celles de Callie, comme sous l'emprise d'un envoûtement. Je m'étais comporté en imbécile, et cela ne devait plus se reproduire. Le plus sage serait dorénavant de l'éviter, mais en étais-je capable après lui avoir confié mon plus lourd secret ?

D'un mouvement vif, je repoussai mes draps et posai le pied à terre. J'en avais assez de cogiter : un passage au donjon me remettrait peut-être les idées en place.

***

– Le Cidien s'est montré insupportable, Sire, m'annonça le garde à l'entrée en guise de salut. Déclencher notre colère est une source d'amusement à ses yeux.

– Je n'en attendais pas moins de lui, rétorquai-je d'un ton dédaigneux. Rassurez-vous, il fera moins le malin dans un instant.

Une torche à la main, je m'enfonçai à l'intérieur des cachots d'une démarche déterminée. Je m'habituais petit à petit à cet espace insalubre. À force, les odeurs de renfermé et les rats gris me deviendraient aussi familiers que ma chambre de prince. Près de la cellule d'Owen, deux gardes étaient engagés dans une partie de dés. Ils blêmirent en m'apercevant.

– Le prisonnier est endormi, Votre Majesté, m'informa le plus trapu des deux en glissant les dés dans la poche de son uniforme.

Le second, dont les cheveux étaient coupés à ras, désigna le seau d'eau sale posé à côté de lui.

– Je me ferais une joie de le réveiller, assura-t-il avec un rictus sadique.

– Je vais plutôt vous autoriser une pause. Laissez-moi seul avec lui et revenez dans vingt minutes.

– N'avait-il pas essayé de vous attaquer, Sire ?

Ils échangèrent un regard à mi-chemin entre la perplexité et le plaisir. Ma proposition était aussi alléchante qu'inhabituelle. Ils devaient s'imaginer que je cherchais à évaluer leur dévouement. Recourir à une méthode pareille ne serait pas inédit de ma part.

– L'offre expire dans dix secondes, précisai-je. Dépêchez-vous avant que je change d'avis.

Les deux hommes ne se firent pas prier. Je les écoutai

s'éloigner avant d'attraper le trousseau accroché au mur. Je m'approchai des barreaux de la cellule et enfonçai la première clé dans la serrure. Je laissai ma torche à l'extérieur avant d'entrer. Le ronflement bas d'Owen ne s'interrompit pas quand j'arrivai à côté de lui. Le Cidien était roulé en boule, mais son visage tuméfié restait visible. Au-dessus de son arcade sourcilière, une plaie commençait déjà à cicatriser. Je restai debout au-dessus de lui, incapable de détacher les yeux de ce spectacle. Sa peau brillait d'une lumière argentée en se régénérant, semblable à la couleur d'un rayon de lune. Voir sa sorcellerie à l'œuvre était à la fois dérangeant et captivant. Je lui assénai un violent coup de pied dans le flanc.

– Debout ! ordonnai-je. J'ai deux mots à vous dire, Calbell.

Il s'éveilla dans un sursaut et s'agita sur le sol poussiéreux. Une grimace insolente traversa ses lèvres quand nos regards se croisèrent.

– Que me vaut cet honneur, Majesté ? me lança-t-il d'une voix rocailleuse. Je croyais que vous en aviez fini avec moi.

– Je ne suis pas ici de bon cœur, pestai-je.

Owen leva la tête en faisant mine d'inspecter mon visage.

– Sauf votre respect, commenta-t-il, vous avez une mine affreuse. On dirait que vous avez festoyé jusqu'au bout de la nuit. J'ai été déçu de ne pas recevoir d'invitation.

– Ne mettez pas ma patience à l'épreuve, rétorquai-je sèchement.

– Que de menaces en l'air ! Vous ne pouvez pas vous résoudre à me tuer. Vous avez *besoin* de moi.

Je m'esclaffai d'un rire démentiel qui se répercuta entre les parois humides des cachots. L'expression assurée du prisonnier fondit comme neige au soleil. Il chercha à reculer au fond de la cellule. Je le soulevai d'une seule main en serrant les doigts autour de sa gorge.

– Dites-moi ce que vous m'avez fait ! m'écriai-je avec autorité.

– Je… je ne vois pas de quoi vous parlez, bégaya-t-il en fuyant mon regard.

– Je parle de la magie, sifflai-je. Je me suis entaillé la main la dernière fois que je vous ai vu. La blessure s'est ensuite refermée sous mes yeux.

Un éclair perdu traversa ses prunelles vertes. Un accès de désolation me fit raffermir ma prise. Owen couina de douleur. Son teint n'allait pas tarder à virer au violet.

– Je n'y suis pour rien, je le jure sur la lyre de la déesse Alia !

– Vous mentez, m'entêtai-je. D'une manière ou d'une autre, vous m'avez contaminé par un sortilège de votre invention.

– Avez-vous essayé de reproduire cet exploit ? s'enquit-il en s'étouffant à moitié.

Je lui montrai ma main libre, dont la paume était traversée d'une cicatrice rectiligne.

– J'ai laissé l'un de mes gardes me blesser au combat. J'ai saigné aussi longtemps que d'habitude.

– Pourriez-vous le refaire en ma présence ? haleta Owen.

Je le relâchai sans crier gare, et il retomba au sol en toussant de toutes ses forces. Le cœur battant la chamade, j'appuyai la pulpe de mon index contre la pointe de mon épée. Une goutte de sang perla sur mon doigt. Alors que j'extirpais mon mouchoir de poche, mon champ de vision fut envahi d'étincelles bleues. Je me demandai si des étoiles ne venaient pas d'être greffées à ma rétine. De la bile me remonta dans la gorge.

– Il n'y a rien, marmonnai-je. Pas même une éraflure.

Hébété, Owen décrocha la mâchoire en se passant une main sur le visage.

– C'est impossible, bafouilla-t-il. Vous êtes le roi de Khilan, un tel pouvoir ne devrait pas vous appartenir.

– De quoi parlez-vous ? Calbell, crachez le morceau !

J'avais essayé de m'exprimer d'une voix dure. À la place, mes mots sortirent dans un désordre paniqué. Le prisonnier se releva en me dévisageant avec attention.

– Je ne suis pas fautif de ce qui vous arrive, Sire. Une magie très rare coule dans vos veines. Elle vous permet d'absorber les dons des autres lors d'un contact physique. L'effet est temporaire, il ne dure que quelques heures.

Mes oreilles se mirent à siffler. Je chancelai sur mes talons et reculai d'un pas. Le discours saugrenu d'Owen m'arracha un frisson. Terrorisé, je secouai frénétiquement la tête. Les traits du Cidien étaient d'un sérieux extrême. Je quittai la cellule aussi vite que si j'avais le diable à mes trousses. Les doigts tremblants, je dus m'y prendre à deux fois pour verrouiller la porte.

– Je n'ai jamais rencontré une personne comme vous, renchérit-il en avançant vers les barreaux. Les dieux n'accordent pas cette puissance à n'importe qui.

– Ne vous avisez pas de m'associer à vos dieux, m'étranglai-jc. Jc nc sais pas quel mauvais tour vous essayez de me jouer, mais j'obtiendrai le fin mot de cette histoire !

– Réfléchissez un peu ! s'écria Owen. Êtes-vous certain de tout ce qu'on vous a inculqué ?

Tandis que je m'apprêtais à lui tourner le dos, sa question déclencha en moi des signaux d'alarme.

– Qu'essayez-vous de me dire ?

– La magie a une composante héréditaire, poursuivit-il, le visage collé contre les barreaux. Elle émerge toujours, même après être entrée en dormance chez une génération ou deux.

– Il n'y a pas de sorciers dans l'arbre généalogique des Hartless ! Je sais de quoi je parle, la lignée dont je suis issu dirige Khilan depuis trois siècles.

Les épaules du jeune homme s'affaissèrent. Il essuya la sueur qui lui coulait dans les yeux.

– Vos connaissances ne sont qu'un tissu de mensonges, soupira Owen avec un mélange de pitié et d'agacement. Vous en êtes la preuve vivante.

N'y tenant plus, je lui adressai un geste obscène du bras.

Je récupérai ma torche et remis le trousseau de clés à sa place. En me voyant m'en aller, le païen tapa du poing contre les barreaux rouillés. Je demeurai stoïque face à ses tentatives de me retenir. Entendre un mot de plus m'était intolérable. Je reculai dans le couloir en étouffant la confusion qui menaçait de me submerger.

– J'espère que vous ouvrirez les yeux avant qu'il soit trop tard ! rugit Owen au moment où je disparaissais à sa vue.

CHAPITRE 25

EMRYS.

Je décidai de m'enfermer dans mon cabinet de travail. Plus j'essayais de ne pas penser aux allégations d'Owen, plus celles-ci revenaient me hanter. Elles m'évoquaient une nuée d'insectes désireux de me ronger la cervelle. J'entrai dans la pièce en claquant la porte d'un coup de pied. Les premiers rayons de soleil de la matinée étaient bien engagés. Le verre multicolore des vitraux m'éblouit lorsque je m'approchai du bureau. Une fois assis, je pressai mon front contre le bois frais. Si je fermais les yeux, je réussirais peut-être à m'endormir. Je découvrirais alors que l'heure écoulée n'avait été qu'un mauvais rêve.

– Un sorcier, moi, fulminai-je à voix haute. Quelle idée risible et impertinente !

Je me redressai en étudiant mes grandes mains avec soin. C'était la seconde fois que le don de guérison d'Owen agissait dessus. Cela me taraudait plus que je n'osais me l'avouer. Mes méninges échappaient à mon contrôle en cherchant à assembler les pièces de ce satané puzzle. La magie du Cidien s'était insinuée en moi avec autant de précision qu'un poison. Si ce qu'il prétendait s'avérait, la solution était de ne plus m'approcher de lui. Sa sorcellerie n'aurait ainsi plus l'occasion de m'infecter.

Le plus important était de garder le secret quoi qu'il arrive. La haine du surnaturel faisait partie des fondements de notre pays. Il ne manquait plus qu'on remette en question ma légitimité à régner. Un scandale de cette envergure se répercuterait sur toute ma famille. La couronne échapperait aux Hartless, je finirais au bûcher et Oris serait déshonoré. L'équilibre de Khilan volerait en éclats.

Je sursautai en entendant un coup insistant frappé à la porte.

– Entrez ! m'écriai-je, le timbre de ma voix rauque et fatiguée.

– Le garde Avir m'a dit que je te trouverais ici, se justifia Paris en entrant dans le cabinet.

Il se déplaçait avec lenteur, une main crispée sur son épaule en écharpe. Son teint de cendre ne présentait pas d'amélioration.

– La baronne t'avait dit de rester au lit, le réprimandai-je.

– La baronne ignore ce que c'est d'avoir un jeune roi à conseiller, riposta-t-il du tac au tac.

Je le regardai s'installer péniblement dans le fauteuil en face du mien. Une pellicule de sueur recouvrait sa lèvre inférieure. D'ordinaire rassemblés en catogan, ses cheveux blonds étaient épars sur ses épaules.

– Je suis au courant de tout, ajouta le duc d'un air sombre.

Mon sang ne fit qu'un tour, je dissimulai mes mains sous la table. Je me demandais auquel de mes secrets il faisait allusion. J'avais pris la bonne décision en rompant la promesse faite à mon père. Tout raconter à Callie m'avait donné la sensation de respirer pour la première fois en deux ans. Cependant, une confession à Paris ne serait pas une partie de plaisir.

– Vraiment ? murmurai-je en adoptant une attitude détachée.

– Je veux parler du meurtre de Theos.

Un profond soulagement m'envahit. Je carrai les épaules pour me donner une contenance.

– Je n'ai pas jugé utile de livrer un récit complet aux gardes, avouai-je. Laisse-moi donc combler tes lacunes.

Je lui résumai les réelles circonstances de la découverte du corps. Paris demeura silencieux tout du long, un sillon de concentration sur le front.

– Madame Dubanes serait affligée d'apprendre le rôle de sa fille, commenta-t-il lorsque j'eus fini. Tu as très bien géré la situation.

Je balayai son éloge d'un revers de la main.

– Theos a évoqué ma mère avant de mourir, révélai-je d'un ton impatient. Il m'a dit que la reine Gregoria était *la clé*. J'en déduis qu'elle est liée à la maladie de Père. Dommage qu'elle soit morte depuis plus de dix ans !

Une lueur indéchiffrable miroita dans le regard de Paris. Il se laissa aller contre le dossier de son siège en sifflant de douleur.

– Ah, douce Gregoria, marmonna-t-il. Un gâchis que tu ne l'aies pas connue plus amplement. Khilan se serait tellement mieux porté si elle était restée reine consort.

Je levai les yeux au ciel. Le duc ne ratait pas une occasion de lancer des piques à Kassandre.

– Pourquoi son ombre planerait-elle encore sur Catarrias ? demandai-je.

– Je l'ignore, concéda Paris après un silence hésitant. À l'époque où ton père la courtisait, j'étais à des lieues de devenir qui je suis aujourd'hui. Damian lui-même était encore prince héritier, il lui faudrait attendre plusieurs années pour accéder au trône. Je n'en savais pas plus sur Gregoria que le reste de la cour. C'était la fille unique du comte Kingsley, décédé bien avant le mariage royal.

– Theos n'a pas pu tout inventer, il doit y avoir un secret à déterrer. Et si les circonstances de sa mort étaient plus complexes qu'en apparence ?

– Ta mère a perdu la vie à cause d'une épidémie de fièvre qui sévissait au palais, protesta le duc. Sa santé avait été fragilisée par de nombreuses fausses couches, avant et après ta naissance.

Je soufflai bruyamment en me pinçant l'arête du nez. Paris secoua la tête face à mon irritation.

– Je ne doute pas de la véracité de l'indice laissé par Theos, m'apaisa-t-il. Je vais charger mes meilleurs Scorpions de fouiller dans le passé de Gregoria. Ils nous aideront à dégager une piste solide. C'était une femme conforme en tout point aux exigences de la noblesse, mais elle conservait une part de mystère. Son goût de la solitude était l'un des points communs qu'elle partageait avec ton père. Au-delà du protocole, je crois que tous les deux étaient réellement faits l'un pour l'autre. Ils s'aimaient profondément sans en faire étalage. Tu sais, il arrive que des sentiments sincères s'ajoutent à un mariage de convenance.

– Comme c'est touchant, rétorquai-je ironiquement. Je ne te savais pas doté d'un cœur aussi tendre.

Je quittai mon bureau et me postai face à la fenêtre. Je faisais de mon mieux pour ne pas donner libre cours à ma mauvaise humeur. Paris avait interrompu sa convalescence afin de m'épauler. La moindre des choses était de lui témoigner ma gratitude. Malheureusement, il se focalisait sur des broutilles et comprenait tout de travers. Les noces royales étaient en premier lieu des alliances entre les familles les plus puissantes du pays. Ce qui se passait en coulisses n'était qu'éphémère. Seul comptait l'amour qu'un souverain portait à sa nation. Aussitôt que Khilan avait eu besoin d'une nouvelle reine, le souvenir de Gregoria n'avait pas empêché mon père d'épouser Kassandre.

Je chassai vite tout cela de mon esprit. C'était le moment ou jamais d'avertir Paris de mon secret. Ce serait comme arracher un pansement d'un coup sec pour dévoiler une blessure infectée. Douloureux, mais pas mortel pour autant. Prenant mon courage à deux mains, je formulai mon aveu sans me retourner :

– J'en sais plus sur la maladie de Père que je le prétendais. J'ai menti à sa demande pendant les deux dernières années.

Je fermai les yeux, m'attendant à être frappé par la foudre. Je ne parvenais pas à prévoir la réaction de Paris. Il n'était pas du genre à s'emporter. Sa déception serait sans doute contenue et posée. Dans une certaine mesure, c'était plus humiliant. Je préférais le voir démolir la pièce sous le coup de la rage.

– Je suis sincèrement navré, renchéris-je d'un ton neutre.

– Emrys, m'interrompit le duc en baissant la voix. Ton père était mon meilleur ami. Crois-tu vraiment que je sois dans une ignorance complète ?

Je pivotai sur mes talons, et il leva une main conciliante à mon intention.

– J'ai conclu que Damian n'était pas dans son état normal lors d'une partie de chasse. Je l'y avais convié pour compenser mon absence prolongée à la cour. Je ne savais encore rien des maux qui se propageaient en lui. Il a essayé de m'attaquer avec son arbalète, mais j'ai réussi à le neutraliser sans le blesser. Cela m'a aussi permis de distinguer les marques sur ses bras. Ton père a ensuite perdu connaissance pendant plusieurs minutes. Au réveil, il avait tout oublié.

La température du cabinet sembla chuter d'un coup. Le corps parcouru de tremblements, j'agrippai les bords du bureau.

– Tu n'as pas jugé bon de m'en parler ? ripostai-je d'un ton orageux. Tout ce temps, j'ai dû porter ce poids seul. Je me sens tellement stupide !

– J'enquête sur la situation de Damian depuis un an, déclara Paris avec une moue penaude. Je ne voulais pas t'y mêler au risque que cela te détourne de tes obligations. Néanmoins, ce que tu viens de m'apprendre est très révélateur. En implorant ton silence, on pourrait croire que ton père avait une petite idée de ce qui lui arrivait. Nous avons tous nos secrets, après tout.

– Puis-je savoir sur quoi a débouché ton investigation clandestine ? interrogeai-je en contrôlant ma rancune.

– Probablement sur la même information qui a conduit le pauvre Theos à sa perte. Mes recherches m'ont mené jusqu'aux us et coutumes du royaume voisin. Damian est sous l'emprise d'un sortilège interdit à Cidia. La plus noire des magies a pris possession de son corps.

Mes genoux s'entrechoquèrent, je vacillai sur mes pieds et me retins au bureau de justesse. Le duc se tut pour me laisser le temps d'assimiler ces révélations.

– De la magie à Catarrias, bafouillai-je. Owen Calbell disait vrai, c'est pour cette raison que tu t'intéressais tant à ses affirmations.

Paris haussa les épaules, le visage soudain vieilli par l'angoisse.

– Je vais retracer l'itinéraire du médecin royal lors des dernières semaines, annonça-t-il. Le sorcier a dû prendre peur à l'idée que Theos expose son identité à la cour. Surtout s'il prévoit de faire d'autres victimes dans un avenir proche. L'archer est forcément son disciple.

– Il ne pouvait pas assassiner Theos en recourant à ses pouvoirs, approuvai-je en luttant contre la nausée. Il doit demeurer dans l'ombre.

Vidé de mon énergie, je me rassis en manquant de renverser mon siège. Mon monde venait d'être mis sens dessus dessous. Je regrettais presque de ne pas avoir pris cette crapule d'Owen au sérieux. Khilan était bel et bien gangréné par une essence malfaisante. Un être monstrueux gagnait en puissance dans l'enceinte du palais. Sous mon toit et celui de mes aïeux. Mais pourquoi mettre le roi Damian hors d'état de nuire ?

– Puisque tu as tiré le sujet, reprit Paris avec une note optimiste dans la voix. Tu dois savoir qu'Asher Calbell est désormais le maître du palais de Sunscar. Sous un certain angle, c'est une bonne nouvelle pour nous.

– Nous tenons son fils en otage, compris-je. En cas de besoin, Owen pourra nous servir de pièce maîtresse contre Cidia.

J'étais en réalité loin de partager la satisfaction du duc. Ce moyen de pression diplomatique ne jouait pas en ma faveur.

Il me serait difficile de tenir le prisonnier à distance comme je l'avais prévu. Au contraire, Owen ne ferait que gagner en importance. J'espérais seulement sortir indemne de cet imbroglio.

CHAPITRE 26

PHOEBE.

Les trois premiers jours suivant le bal s'écoulèrent avec une lenteur anxiogène. L'atmosphère à Catarrias s'était considérablement assombrie. Emrys n'avait pas fait dans la demi-mesure en renforçant la sécurité du palais. Des gardes faisaient le guet à des endroits atypiques. Leurs uniformes noirs détonnaient au milieu des jardins ou à l'entrée du boudoir de la reine. Sauf dérogation spéciale, nul n'était autorisé à circuler dans les couloirs à la nuit tombée. Toutes les célébrations de la saison estivale étaient suspendues jusqu'à nouvel ordre. Le nombre croissant des restrictions n'était pas du goût des nobles, chez qui le meurtre suscitait des réactions variées. Certains se confinaient dans leurs appartements, d'autres se portaient volontaires pour aider le roi à démasquer le tueur. Ces derniers se montreraient moins téméraires s'ils suspectaient à quoi ils avaient affaire.

Vittoria et moi entrâmes dans la salle du trône en même temps que Paris de Pellias. Je fus surprise de le voir s'approcher de nous. Derrière son apparence lisse, je savais que mon amie surveillait le moindre de ses mouvements. Elle se méfiait de lui autant que d'Emrys, et j'étais encline à l'imiter. Je la laissai se mettre en retrait lorsque le duc me salua d'un mouvement du menton. Je plaquai aussitôt un sourire forcé sur mon visage. Il prit la parole d'un ton courtois :

– Mademoiselle Pyrrha, vous semblez en parfaite santé.

J'aurais aimé que les circonstances ne soient pas aussi sinistres. La cour est habituellement plus animée à cette période de l'année.

– C'est ce que j'avais cru comprendre, répondis-je tranquillement. Comment se porte votre épaule ?

– Mieux, je vous remercie, déclara Paris. Je devrais être au repos forcé, mais il m'était impensable de rater le discours de Sa Majesté.

Il me dévisageait tout en parlant. D'un marron tirant sur le doré, ses prunelles étaient empreintes de curiosité. Au moment où je commençais à me sentir gênée, l'homme émit un petit rire :

– Vous me faites penser à quelqu'un que j'ai connu il y a des lustres, commenta-t-il avec désinvolture. Mon esprit doit me jouer des tours.

Mon sourire se figea et j'avalai ma salive difficilement. Je me composai une expression flegmatique.

– Je n'aimerais pas vous retenir, ajouta Paris sans se départir de sa bonhomie. Vos amies doivent vous attendre.

– Oui… je ferais mieux d'aller les retrouver.

Je le gratifiai d'une courbette avant de faire volte-face. Je passai mon bras sous celui de Vittoria pour l'entraîner à ma suite. Consciente que le duc nous suivait des yeux, je me forçai à adopter une démarche sereine.

– Que voulait-il ? s'enquit la jeune femme d'une voix tendue.

– Tu avais raison, chuchotai-je. Pellias peut nous attirer des ennuis. Je crains qu'il découvre ma véritable identité. J'ai eu l'impression qu'il voyait mon père à travers moi.

– Ne le laissez pas vous déstabiliser, riposta-t-elle en me pressant la main. Cet homme me ne sait rien pour l'instant, bien qu'il me fasse froid dans le dos. Callie ne lui a donné aucune mauvaise raison de s'intéresser à elle.

J'acquiesçai sans grande conviction. Les mots de Paris

lors de notre première rencontre me revinrent à l'esprit. *La ressemblance est frappante.* J'avais déduit qu'il faisait référence à Achilles Pyrrha, puisque j'avais essuyé des remarques similaires à la cour. Et si je m'étais trompée ? Paris avait rencontré le roi Matthaios lors de la signature du traité de paix. Il avait peut-être reconnu son nez retroussé ou ses sourcils sombres sur mon visage. Pourtant, il ne disposait pas d'éléments tangibles. Le duc avait mieux à faire que de placer une débutante en haut de ses priorités. Il était inutile de s'alarmer sans raison valable.

Autour de moi, les aristocrates s'agitaient à l'instar d'un essaim d'abeilles. Ils arpentaient le sol dallé en se saluant les uns les autres. La même question était sur toutes les lèvres. Pourquoi le souverain nous avait-il convoqués ce matin ? Debout près du trône, le garde Hero Avir et ses collègues observaient la scène. J'admirais leur stoïcisme face aux interrogations incessantes des courtisans.

– Sybille nous fait signe, m'avisa Vittoria. Il serait impoli de ne pas la rejoindre.

Perdue dans la foule, Sybille me contemplait avec espoir. Je balayai rapidement la pièce du regard. Non loin du trône, la baronne Dubanes était plongée dans une conversation avec un groupe de dames. Je me dirigeai vers mon alliée inattendue. Obnubilée par le coup d'État à Cidia, je n'avais pas pris de ses nouvelles depuis le bal. À en juger par son regard hagard, elle ne devait pas avoir dormi plus que moi.

– La vie à Catarrias risque de devenir atroce, me glissa-t-elle. Mère trouve toujours le moyen de me garder auprès d'elle. Je n'ai plus le droit de me rendre où que ce soit sans être accompagnée. C'est très frustrant.

– Envisagez-vous de quitter la cour pour quelque temps ? demandai-je en plissant le front.

– Je rêve de retourner dans la propriété de mon enfance, soupira-t-elle. Là-bas, je n'aurais pas à me cacher pour m'adonner aux activités de mon choix. Hélas, il n'est pas question de renoncer à la cour. D'après Mère, le roi pourrait penser que nous ne lui faisons pas confiance pour nous protéger.

– La baronne a raison, répliquai-je. Vexer le roi équivaudrait à signer son propre arrêt de mort.

Sybille haussa les épaules d'un air contrit.

– C'est sûrement vrai, ricana-t-elle nerveusement, quoique Mère n'apprécie pas ce genre de réflexion sur la famille royale. Figurez-vous qu'elle était la dame de compagnie de la reine Gregoria.

À la mention de la mère d'Emrys, les souvenirs de notre virée au labyrinthe végétal dansèrent devant mes yeux. Alors que j'ouvrais de nouveau la bouche, un silence de plomb s'abattit sur la pièce. L'assemblée se tourna vers l'entrée comme un seul homme. Une tension à couper au couteau alourdissait l'air. La foule se scinda en deux pour laisser passer le monarque. Ce dernier se déplaçait d'un pas félin, indifférent aux révérences et aux bénédictions. Mon estomac se noua lorsqu'il passa devant moi. Son regard au bleu glacial ne dévia pas de sa trajectoire, et je pus relâcher mon souffle. Plusieurs pas derrière lui, Kassandre affichait un air grave. Le majestueux duo se positionna le dos au trône. Le visage impénétrable, Emrys dressa le menton en toisant l'assemblée.

– Chers sujets, je vous remercie d'avoir répondu à mon appel, commença-t-il d'une voix forte et placide. Comme vous le savez, une terrible tragédie est venue ternir l'une de nos plus belles fêtes. Le bal de Séléné a été le théâtre d'un crime abject, qui a fauché un membre estimé de notre communauté. Le médecin personnel de Sa Majesté le roi Damian a été sauvagement assassiné dans l'enceinte du palais.

Le jeune homme marqua une courte pause pour nous laisser mesurer l'impact de ses mots. Il y eut quelques chuchotements horrifiés, puis il reprit la parole :

– Je comprends que cet acte infâme puisse attiser votre soif de revanche. Le responsable est un lâche qui goûtera à une punition pire que la mort. Ceci est une promesse de votre roi. Catarrias n'est pas qu'un simple palais, c'est le symbole de tout un royaume. Personne ne compromet l'harmonie de Khilan sans en subir les conséquences.

Un frisson me parcourut l'échine. Emrys ne cherchait plus à étouffer la colère qui faisait vibrer sa voix. Un braiser incandescent luisait au fond de ses yeux, le même qu'il utilisait pour envoyer d'innocents Cidiens à leur triste sort. Je me redressai de manière imperceptible. Le mage noir allait éprouver un malin plaisir à tourner la cour en bourrique. Toutes les armes des gardes ne pouvaient rien contre son énergie malveillante. Je promenai un regard rapide sur les visages livides qui m'entouraient. Le serviteur de la terrible déesse Lurena se trouvait-il parmi nous à l'instant ?

– Une seule tâche vous incombe, continuait Emrys. Si l'un de vous possède des informations susceptibles de nous éclairer, je l'invite à m'en faire part. Cela vaut autant pour la nuit du bal que les jours à venir. Tout ce qui sort de l'ordinaire doit être signalé auprès de la garde royale. Autrement, cela vous rendrait complice de notre ennemi.

Le souverain s'interrompit tandis que ses sujets assimilaient la menace voilée. Un frémissement collectif parcourut l'assistance, et un sourire féroce étira les lèvres du roi.

– Je vous laisse retourner à vos occupations, conclut-il en écartant les bras. Veuillez respecter le protocole de sécurité et ne pas commettre d'imprudence.

– Longue vie au roi ! lança soudain une voix masculine.

– Longue vie au roi ! scanda en chœur le reste de la foule.

Je répétai les mots à mon tour pendant qu'Emrys traversait la pièce en sens inverse. Son armée de conseillers se détacha du rassemblement pour lui emboîter le pas. Je le fixai jusqu'à ce qu'il quitte la salle du trône, les muscles de son dos roulant sous le cuir de sa veste. Comment allais-je réussir à l'atteindre de nouveau ?

– Il n'a rien dit de la politique mouvementée à Cidia, marmonna Sybille en me tirant de mes ruminations.

Abasourdie, je crus avoir mal entendu. La jeune femme pinça les lèvres avec l'air de vouloir ravaler son commentaire. C'était la seconde fois qu'elle manifestait de l'intérêt à l'égard de mon pays. J'ignorais si cela devait m'encourager à chercher sa compagnie ou à m'en écarter. La grimace acide de Vittoria en disait long sur son opinion.

– Vous ne devriez pas évoquer le royaume ennemi, mademoiselle, la morigéna-t-elle. Cela pourrait donner une fausse impression à votre interlocuteur.

Sybille piqua un fard et s'assura que personne n'écoutait notre conversation. Les autres étaient si occupés à décortiquer le discours d'Emrys que nous aurions tout aussi pu être seules.

– Callie, vous avez longtemps vécu dans la région de Ravenmist, répliqua-t-elle d'une voix minuscule. Le contraste entre ses collines verdoyantes et la grisaille de Catarrias ne vous semble-t-il pas brutal ? Père m'a dit que tout le territoire Cidien présentait des paysages boisés à couper le souffle. Ce doit être un délice pour les sens.

Une nostalgie lancinante me picota la poitrine. Je m'empressai de regagner mon masque de désintérêt.

– Enfin, je présume que l'emploi du passé serait approprié, ajouta la débutante avec une pointe d'hésitation. C'est maintenant une nation ravagée par les conflits internes. On nous inculque qu'une femme qui règne seule est contre nature. Pourtant, Cidia compte de nombreuses reines dans sa longue et riche histoire.

– Ton père est-il membre du conseil de Sa Majesté ? m'enquis-je d'un ton parfaitement détaché. As-tu acquis certaines de tes connaissances en écoutant aux portes ?

– Bien qu'il se tienne informé, le baron Dubanes n'est pas très impliqué au sein du gouvernement, répondit-elle lentement. Il se considère avant tout comme un homme de lettres.

Sa subite retenue me parut étrange, mais je n'en laissai rien paraître.

– Visiblement, ta famille remplit très peu des critères de Catarrias, observai-je, amusée.

Ma voix s'éteignit lorsque je vis les deux jeunes femmes s'incliner avec précipitation. Un toussotement affecté m'obligea à jeter un œil par-dessus mon épaule. J'inspirai au passage une bouffée de parfum trop sucré. Un sourire aux lèvres, la reine Kassandre me tendit les deux mains. Je ployai le genou en acceptant cette curieuse marque d'attention.

– J'aimerais vous convier à déjeuner avec moi, Callie, décréta-t-elle.

– Ce serait un honneur, Votre Majesté, acceptai-je en dissimulant mon étonnement.

– Allons dans mes appartements, nous y serons plus tranquilles qu'au boudoir.

La reine agita la tête en voyant Vittoria prête à me talonner.

– Vous m'avez mal comprise, gloussa-t-elle. Je désire passer une petite heure *seule* en compagnie de Callie.

CHAPITRE 27

PHOEBE.

Mon hôtesse me conduisit dans un salon qui faisait deux fois la taille de ma chambre. Attentives aux instructions, des domestiques s'affairaient sous l'égide de Kassandre. Des tentures de brocart pourpre recouvraient les murs et le sol. Le portrait d'un petit garçon trônait au-dessus de la cheminée flamboyante. Il ressemblait à une version plus jeune d'Emrys, à la différence que ses yeux étaient d'un marron chaleureux et innocent.

– Mon fils, le prince Oris Hartless, m'indiqua Kassandre avec tendresse.

– Son Altesse ne réside pas au palais, n'est-ce pas ? demandai-je en me remémorant les inquiétudes de son frère aîné.

– En effet, soupira-t-elle. Être la mère d'un enfant royal impose certains sacrifices.

Elle me fit signe de m'installer à une table ronde près de la fenêtre. Je m'exécutai sans quitter des yeux son visage serein. Emrys et elle affichaient un front uni, mais ce n'était sans doute qu'une illusion. Il était difficile de savoir s'ils avaient résolu leur désaccord. Kassandre s'installa en face de moi sans se presser, puis désigna une porte encastrée dans le mur opposé.

– Cette porte donne accès aux appartements de mon époux, le roi Damian. L'escouade de gardes dans le couloir est responsable de sa protection.

– Le roi Emrys occupe donc un étage différent ? m'étonnai-je sans pouvoir m'en empêcher.

– Emrys a choisi de conserver ses quartiers de prince héritier, m'expliqua-t-elle, les intonations lisses.

L'importance qu'attachait mon ennemi au bien-être de sa famille me prit une nouvelle fois de court. Je conservai une expression flegmatique, persuadée que la reine guettait ma réaction. Une succession de femmes de chambre entreprirent de surcharger la table de plats. Je ne me sentais pas capable d'avaler quoi que ce soit. Depuis les tristes nouvelles relatées par Astoria, mon appétit était constamment coupé.

– J'ai été stupéfaite de vous voir ouvrir le bal au bras de notre souverain, commença Kassandre en découpant la chair de son poisson d'eau douce. Emrys n'avait jamais fait cela auparavant.

Je ne répondis pas tout de suite, cherchant à évaluer l'ampleur du piège. Je croquai dans une mûre de Norwich, dont le jus acide me brûla la langue. Ces baies bleues étaient très répandues dans la région où la famille Pyrrha avait élu résidence. Ne pas en consommer paraîtrait suspect. Les fruits de Khilan ne ressemblaient en rien à ceux qui poussaient dans mon royaume. À Cidia, nous trouvions des pommes à la peau pourvue de propriétés curatives. De succulents raisins blancs, des agrumes à la pulpe généreuse et des dattes enrobées de miel.

– Quand avez-vous décidé de cette première danse ? insista-t-elle d'un ton plus sec.

– Ce n'était qu'une simple valse, Votre Majesté, répondis-je poliment.

Kassandre reposa ses couverts avec un bruit sourd.

– Emrys et vous-même étiez absents lorsque le chandelier s'est écrasé au sol, reprit la dame en s'essuyant la bouche à l'aide d'une serviette.

– Il faisait très chaud dans la salle, prétextai-je sans me laisser démonter. Le roi a eu la bonté de m'emmener prendre l'air dans les jardins.

Je soutins son regard froid en refusant de la laisser

m'intimider. La reine se fendit d'un sourire dénué de joie qui découvrit ses dents. Je remarquai une pierre précieuse incrustée dans l'une de ses canines.

– Laissez-moi vous donner un conseil, mademoiselle Pyrrha. Le cœur d'un roi appartient à son pays. Emrys le sait parfaitement, mais son âge le prédispose à la frivolité.

– Permettez-moi de vous contredire, ripostai-je d'une voix aussi doucereuse que la sienne. J'estime que Sa Majesté est un jeune homme très réfléchi.

– J'ai bien vu comment il vous a regardée à votre arrivée, me coupa-t-elle. Vous lui avez apporté un vent de nouveauté, et ce n'est pas pour le meilleur. À ses yeux, vous êtes aussi exotique que le fruit dans votre main.

Cette comparaison ridicule et irrespectueuse manqua de déclencher mon hilarité. Je me sentais presque flattée. Cette conversation prouvait que le rôle de la débutante défavorisée me seyait à merveille. Qu'elle se rassure, ravir une couronne de reine consort ne m'intéressait pas. Pas plus que ce qu'Emrys faisait de son cœur.

– Mon admiration pour le roi est purement platonique, affirmai-je.

Kassandre tendit le bras et m'attrapa par le menton. Ses ongles s'enfoncèrent légèrement dans ma mâchoire. La peau de son visage se resserra autour des os. L'espace d'une fraction de seconde, cette belle femme me fit penser aux harpies qui peuplaient les mythes de Cidia.

– J'ose l'espérer, susurra-t-elle. Mon rôle est d'honorer la tradition en aidant Emrys à choisir la souveraine dont Khilan a besoin. C'est une tâche que je prends très à cœur. Je vous souhaite de récupérer un jour ce que votre famille a perdu. Toutefois, abstenez-vous de convoiter au-delà de votre position. Ne me faites pas regretter de vous avoir tendu la main. Suis-je bien claire ?

– Oui, Votre Majesté, murmurai-je en baissant le regard.

– Merveilleux ! s'exclama Kassandre d'un ton enjoué. Je suis heureuse que nous ayons tiré cela au clair.

Subitement, je n'avais plus du tout envie de rire. Un intense malaise me dégoulina dans les entrailles. Le peu de nourriture que j'avais ingurgité me chavirait l'estomac. De son côté, la reine avait repris son repas comme si de rien n'était.

– Vous devriez goûter à ce délicieux vin, m'encouragea-t-elle en poussant le pichet vers moi.

Mes nerfs changés en acier, j'entrepris de calquer ma conduite sur la sienne. Nous pouvions être deux à faire étalage de notre duplicité. J'étais plus forte à ce petit jeu que ce que Kassandre soupçonnait.

***

La suite du repas eut lieu sans accroc. Aussi charmante que de coutume, la reine fit la conversation en me noyant sous une foule d'anecdotes soporifiques. Je les commentais avec un enthousiasme feint, en luttant pour ne pas garder les yeux rivés à l'horloge murale. Heureusement, j'eus le droit de disposer une demi-heure plus tard. Une domestique me raccompagna à l'extérieur.

J'aperçus Paris à la sortie des appartements du roi Damian. Il n'essaya pas de m'adresser la parole, mais je crus le voir cligner de l'œil à mon intention. Persuadée d'avoir imaginé ce geste furtif, j'attendis qu'il s'éloigne en compagnie d'un garde avant de tourner les talons. Je m'engouffrai dans un dédale de couloirs en pierre. Tous les chemins menaient quelque part, n'est-ce pas ?

Je grimpai un escalier en colimaçon qui me parut interminable. Je compris que j'étais en train de m'enfoncer dans les hauteurs du palais. Bientôt, je me retrouvai dans un corridor au plafond voûté.

– Est-ce qu'il y a quelqu'un ? m'écriai-je.

Les murs, agrémentés de larges planches en bois brun, me renvoyèrent l'écho de ma voix. Les paumes moites, je progressai de quelques pas supplémentaires. De petites gargouilles ailées étaient alignées le long des parois. Leur laideur m'arracha un frémissement. Les carreaux qui revêtaient le sol paraissaient vieillis par les siècles. Cette aile de Catarrias n'avait probablement jamais été rénovée. Une forte odeur de renfermé encombrait l'atmosphère.

Revenir sur mes pas n'était pas une option fiable. Les derniers couloirs se ressemblaient tous, je risquais de me perdre encore plus. Je n'avais jamais bénéficié d'un bon sens de l'orientation. J'aurais dû me concentrer sur le trajet menant de la salle du trône aux quartiers de la reine. Au lieu de cela, je n'avais fait que me demander ce que Kassandre me voulait. Une main sur le front, je fouillai ma mémoire à la recherche d'un détail susceptible de m'être utile.

Soudain, une brise glaciale traversa la galerie. Je sursautai en entourant mon corps de mes bras. Les cheveux de ma nuque se hérissèrent lorsque je sentis une présence dans mon dos. Tétanisée par la peur, je tentai de maîtriser le claquement de mes dents. Une odeur âcre de soufre me chatouilla les narines. Des liens invisibles m'entravaient les bras et les jambes, j'étais incapable de me retourner. Il faisait tellement froid que toute sensation s'évanouit au bout de mes doigts.

– *Je sais qui tu es,* prononça une voix désincarnée à l'intérieur de mon crâne.

Mon agresseur n'était pas physiquement présent. Néanmoins, il n'avait pas besoin de son enveloppe corporelle pour me faire du mal. Ma langue se transforma en plomb lorsque j'essayai de parler. Surgies de nulle part, des mains munies de griffes se glissèrent autour de ma gorge. Leur peau putréfiée était couverte de croûtes incandescentes. On aurait dit qu'elles sortaient tout droit du Gouffre, l'abominable endroit où Lurena envoyait les âmes damnées. La douloureuse pression sur mon cou se raffermit. Des points noirs envahirent mon champ de vision. Je commençais à manquer d'oxygène.

Mes yeux roulèrent dans leur orbite à mesure que des images défilaient dans mon esprit. Le décor de Catarrias laissa place à mes souvenirs les plus sombres.

Je revis les condamnés à mort qui s'étaient succédé au fil des années. À peine brouillés, leurs traits s'imposèrent à mon esprit. Des relents de sueur et de terreur me brûlèrent le nez. Je revivais les évènements à l'identique comme s'ils dataient d'hier. Je me rappelais de l'intransigeance de mon père, de sa main pesante sur mon épaule pendant que je marchais vers mes victimes. Je me remémorais ma propre détermination à honorer ma famille. Le sens du devoir qui prenait le dessus sur mes scrupules d'enfant épouvantée. La solitude dont je souffrais en silence. Le rire cruel du mage noir précipita ma plongée dans l'inconscience.

CHAPITRE 28

PHOEBE.

J'ignorais combien de temps je demeurai dans cet état. Une brusque sensation de chaleur me tira de mes visions cauchemardesques. Mon corps remuait faiblement tandis que je revenais à moi-même. Je retrouvais peu à peu l'usage de mes cinq sens.

– Apportez-moi une couverture, elle est frigorifiée, exigea une voix masculine. Faites aussi appeler mademoiselle Yeorgia Wheaton.

J'ouvris les paupières en entendant un bruit de pas précipités. Je me rendis compte qu'une paire de bras m'enveloppait, et que ma tête était appuyée contre un buste solide. Ses battements de cœur déchaînés se répercutaient en haut de ma colonne vertébrale.

– Callie ? Vous m'entendez ? demanda le jeune homme d'un ton paniqué.

– Ne bougez pas mademoiselle, m'enjoignit un autre. Sire, ses lèvres sont toutes bleues.

– Merci pour cette observation, Garde Avir, grogna le roi avec sarcasme. Je ne m'en étais pas aperçu.

Les deux personnes accroupies à mes côtés étaient donc Emrys et le garde prénommé Hero. Faisant fi des recommandations de ce dernier, je me redressai précautionneusement. Le monarque poussa un soupir soulagé. Même s'il ne chercha pas à me retenir, il garda une main dans mon dos pour me stabiliser. Le monde tournoyait autour de moi, et je tremblais encore de froid.

– Que s'est-il passé ? m'interrogea Hero lorsque je réussis à m'asseoir. Que faisiez-vous dans cette partie du palais ?

Son visage flegmatique m'apparut avec plus de netteté. Ses prunelles grises ne lâchaient pas les miennes. À travers le brouillard dans mon cerveau, je pensai que son calme à toute épreuve était une qualité inestimable chez un garde royal.

– Je vous ai trouvée lors de ma patrouille, ajouta-t-il doucement. Les nobles viennent rarement ici, vous seriez-vous égarée ?

Je hochai la tête sans dire un mot. Emplie d'un goût métallique, ma gorge m'élançait terriblement. Je sentis Emrys bouger derrière moi, puis il apparut dans mon champ de vision. Le monarque m'examina en silence, les poings serrés le long de ses flancs. Différentes émotions se succédèrent dans son regard. Incompréhension, tristesse, hargne. Cette dernière finit par l'emporter.

– Callie, je dois savoir qui vous a infligé cela, lança-t-il d'une voix sourde.

Je palpai mon cou d'une main tremblante. Sans recourir à un miroir, je savais que des hématomes s'étaient formés sous ma peau. J'avais été attaquée par les dons du mage noir. Il s'était immiscé à l'intérieur de ma tête tout en laissant des marques sur mon corps. *Je sais qui tu es.* Un spasme d'horreur parcouru me parcourut les jambes.

– Je ne me souviens de rien, mentis-je.

Emrys ouvrit des yeux horrifiés. Il se redressa en consultant son garde du regard. Je peinais à admettre que cette voix au timbre éraillé m'appartenait.

– Une agression en plein jour, commenta Hero d'un ton perplexe. Pardonnez-moi Sire, mais je ne vois pas comment ce serait possible. Nos rondes sont effectuées à des intervalles réguliers. On ne m'a rien signalé d'inhabituel dans les environs.

– Cette demoiselle n'a pas simplement perdu connaissance,

riposta le roi. Sa gorge porte les preuves d'un étranglement.

– Mademoiselle Pyrrha a peut-être des choses à nous apprendre. Pourquoi était-elle seule ?

Cette question parut s'insinuer dans l'esprit du souverain.

– Je croyais vous avoir dit de ne pas vous aventurer n'importe où, me reprocha-t-il. Si j'étais vous, je trouverais une explication au plus vite !

– J'ai été invitée dans les appartements de la reine Kassandre, lui révélai-je. Je me suis perdue en essayant de retrouver la salle du trône. Vous n'aviez pas tort en comparant Catarrias à un labyrinthe.

– Elle n'a chargé personne de vous escorter au retour ? s'étonna Emrys en blêmissant. Pas même une femme de chambre ?

Je secouai la tête en signe de dénégation. Une veine palpitait dangereusement sur son front. Perdu dans ses pensées, Hero prit soin de détourner la tête. Je devinais ce que les deux jeunes hommes devaient se dire. En temps normal, Kassandre accordait une grande attention au bien-être de ses débutantes. Elle était censée redoubler de prudence en ces temps troubles.

– Qu'en est-il de votre demoiselle de compagnie, mademoiselle Wheaton ? ajouta-t-il. Pourquoi ne pas lui avoir demandé de vous attendre ?

– Sa Majesté tenait à ce que cette entrevue reste discrète, répondis-je.

Je restai volontairement évasive, peu désireuse d'être questionnée sur l'objet de la confrontation. Je ne tenais pas à ce que la reine s'ajoute à la longue liste de mes ennemis. Provoquer son animosité pouvait très vite tourner en ma défaveur. Ce serait sa parole contre la mienne. Je ne voulais pas qu'un énième obstacle vienne se dresser entre ma mission et moi. D'autant qu'une menace bien plus grave m'attendait au tournant. Je réalisais tout juste l'énormité de ce que je venais de subir. Le mage noir connaissait ma véritable identité, et il était après moi. Je pris une profonde inspiration avant de me remettre debout. Le sol tangua sous mes pieds un instant.

– Que faites-vous ? s'alarma Emrys. Callie, vous êtes encore très faible.

– Je me sens beaucoup mieux, Sire, mentis-je lorsqu'il tendit la main vers moi.

Je n'aimais pas être traitée comme un bibelot cassé. J'essuyai sur ma manche un filet de sang qui s'était échappé de mon nez. Un tintement de talons me poussa à jeter un œil par-dessus mon épaule. Escortée par un garde, Vittoria accourait dans ma direction. Un regard rapide lui permit d'évaluer la situation. Ses traits se décomposèrent et un éclair combattif passa dans ses yeux. La brève révérence qu'elle adressa à Emrys ne me trompa pas. S'il le fallait, elle était prête à le poignarder sur le champ. Je repoussai la couverture en laine que la jeune femme me tendit ensuite.

– J'ai fait ce que vous avez exigé, Votre Majesté, déclara le second garde avec une pointe d'incertitude. Personne à part nous cinq n'a été aperçu entrant ou sortant des galeries.

– Les galeries ? répétai-je d'un ton interrogateur.

On ne prit pas la peine de me répondre. Hero dévisageait son roi dans l'attente de ses prochaines instructions. Emrys semblait tiraillé par un dilemme intérieur. Son regard absent était orienté vers le fond obscur du couloir. Près de moi, Vittoria jouait les sentinelles silencieuses. Je ressentais l'impatience qui électrisait sa peau. Elle avait déjà une idée de ce que je taisais.

– Veuillez tous disposer à l'exception de Callie, décida Emrys d'un ton abrupt. Pas un mot de ceci ne doit s'ébruiter. Messieurs, ayez l'amabilité de raccompagner Yeorgia.

La concernée parut sur le point d'opposer une résistance. Je l'en dissuadai d'un regard insistant. Les coins de sa bouche étaient retroussés en une grimace revêche. Il était exceptionnel de la voir ainsi. Ce n'était pas l'attitude qu'on attendait d'une demoiselle de compagnie à Catarrias. Depuis quand étais-je la plus raisonnable des deux ? Les autres durent confondre son expression avec du désarroi. Enfermée dans son mutisme, Vittoria finit par emboîter le pas aux deux gardes.

Seule avec Emrys, je levai les yeux vers lui à contrecœur. Il était adossé contre un mur loin de moi, mais je me sentais aussi oppressée que s'il m'étreignait. Un spectre de non-dits et d'émotions conflictuelles planait sur la galerie entre nous. Le souvenir de la nuit dans ma chambre. La haine et le ressentiment qui ne demandaient qu'à déborder de mon côté. Je n'osais pas détourner le regard en premier. La fierté n'avait toutefois rien à voir là-dedans. Je ne me sentais pas différente d'un oisillon attendant d'être capturé par un rapace. Une sombre magie venait de profaner mon être, et je ne pouvais me défaire de la fatigue qui en résultait. En voyant le jeune homme afficher un sourire prédateur, je compris qu'il était plus que conscient de son ascendant sur moi. Il n'hésiterait pas à s'en servir pour obtenir ce qu'il voulait.

La voix suave d'Emrys brisa enfin le silence :

– Nous savons tous les deux que vous ne me dites pas tout. N'avions-nous pas dépassé ce stade, ma chère ?

Je réprimai un rictus moqueur. Il était loin du compte, notre partie d'échecs ne faisait que débuter.

CHAPITRE 29

PHOEBE.

– Emrys, vous devez me croire, l'implorai-je. J'ai senti mon agresseur m'attaquer par-derrière, mais le reste n'est qu'un trou noir.

– Savez-vous si votre assaillant était un homme ou une femme ? s'enquit-il, le visage parfaitement lisse.

Je secouai la tête avec amertume. Le mage noir ne s'était pas matérialisé dans le couloir. Pas plus qu'il n'avait laissé d'indice susceptible de le trahir. Sa puissance ne ressemblait à rien que j'avais vu de mes propres yeux auparavant. Je n'avais qu'une idée limitée de l'étendue de ses pouvoirs. Je doutais qu'Astoria elle-même s'en serait mieux sortie. Nous tenions toutes deux nos informations du maigre enseignement de nos tuteurs d'histoire. Au palais de Sunscar, tout ce qui concernait ce type de magie était tabou. Les maléfices du sang n'étaient évoqués que dans leurs grandes lignes. Le plus souvent dans un but préventif et avec une autorisation du roi.

– Savez-vous au moins si votre assaillant était *humain* ? ajouta le roi en m'observant attentivement.

– Que voulez-vous dire ? ripostai-je avec un rire las. Je ne crois pas à l'existence des goules et des revenants.

– Moi non plus, répliqua-t-il après un silence. Je suis un homme de bon sens, et je cherche à comprendre pourquoi mes gardes n'ont pas retrouvé la trace de cet individu. Hero Avir est tombé sur vous assez tôt et a eu le bon sens de m'alerter.

Ces galeries se terminent en cul-de-sac, le seul moyen d'en sortir est de revenir sur ses pas. Il n'existe ni brèche ni passage secret. Votre attaquant n'aurait eu aucun moyen de s'enfuir avant l'arrivée des gardes. À moins de s'être volatilisé en un claquement de doigts.

– Vraiment ? murmurai-je. N'étiez-vous pas censé être un homme de bon sens ?

Mon ironie lui passa au-dessus de la tête. Ses traits restèrent de marbre, et je reculai jusqu'à ce que mon dos se retrouve collé au mur. J'avais réussi à prendre le dessus sur lui trois jours plus tôt, mais les rôles s'étaient de nouveau inversés. Je me sentais écrasée par l'intensité de son regard, par l'ombre que projetait son corps massif. Je lui offrais un spectacle pathétique. Celui d'une demoiselle en détresse qui tenait à peine sur ses pieds.

– La scène à laquelle j'ai assisté en surgissant ici n'avait rien d'ordinaire, commenta Emrys. Vous vous débattiez au sol en gémissant de douleur. Vous imploriez le pardon de quelqu'un, en sanglotant comme si vous étiez prise au piège d'un cauchemar. Ou que vous tentiez d'empêcher un crime de se produire.

Ses paroles me firent l'effet d'un coup à la poitrine. Une angoisse suffocante me prit aux tripes. M'étais-je dénoncée sous l'emprise du mage noir ? Le roi avait-il tenu à ce que nous soyons seuls pour me torturer à sa guise avant de me tuer ?

– Ce n'est pas ce que vous croyez, balbutiai-je lorsqu'il s'approcha de moi. Emrys, laissez-moi…

– Votre vie a été semée d'épreuves, n'est-ce pas ? m'interrompit-il avec douceur. L'incendie et la mort de votre famille n'en sont qu'une infime partie. Vous portez des blessures en vous.

– Pitié, soufflai-je, ne m'obligez pas à en parler…

Ma voix se brisa de soulagement, mais je ne fis rien pour me reprendre en main. C'était une partie de mon déguisement. De plus, ma douleur n'était pas feinte. Je déployais le peu d'énergie qu'il me restait à repousser les images de mon passé. Rester focalisée sur ma cible m'empêchait de les ressasser.

– Je ne vous oblige à rien, chuchota Emrys. J'essaie juste de vous comprendre.

– Je ne veux pas que vous me compreniez, rétorquai-je sur le même ton. Vous savez au fond que cela nous porterait préjudice.

Le jeune homme tressaillit et s'arrêta, rappelé à l'ordre par son caractère réaliste. J'avais énoncé une vérité à son insu. Tomber sous le charme de Callie Pyrrha était ce qui pouvait lui arriver de pire. Profitant de son trouble, je lançai en me redressant :

– Je vous trouve très indécis, Emrys. Vous aimez être auprès de moi, mais vous me fuyez dès que l'occasion se présente.

– J'essaie de ne pas me montrer égoïste, répliqua-t-il en serrant les dents. Vous auriez le plus à perdre. Ce qui vient de se produire devrait vous mettre la puce à l'oreille.

– Et que vient-il de se produire exactement ? demandai-je. En principale concernée, est-ce que je ne mérite pas d'être éclairée ?

Un léger doute s'empara de mon esprit. Je le regardai fourrager dans ses cheveux noirs en faisant les cent pas. Accoutumé à la placidité, son visage était rendu méconnaissable par l'inquiétude. Une chose était sûre, ce n'était pas mon allusion au baiser avorté qui le perturbait autant.

– Vous étiez une proie facile, avança-t-il à voix basse. L'ennemi a des yeux et des oreilles partout. Il nous aura espionnés au bal, voire à l'entrée de vos appartements. Vous êtes devenue gênante en apprenant trop de choses sur mon père.

– Nous étions seuls dans ma chambre, marmonnai-je, le pouls frileux. Comment notre conversation aurait-elle pu être épiée ?

Emrys poussa un grondement frustré en abattant un poing

contre le mur. Le teint cramoisi, il se tourna à moitié vers moi :

– J'ai une troisième et dernière question pour vous, Callie. Que savez-vous de la magie ?

– Ceux qui s'y adonnent sont indignes de vivre, m'exclamai-je sans une once d'hésitation.

En guise de pénitence, je me mordis la langue jusqu'au sang. La tournure que prenait ma mission me poussait au blasphème. Le souverain croisa mon regard, et je fus surprise d'y trouver une étincelle résignée. Il détourna le menton à toute vitesse.

– Parfaitement, acquiesça-t-il. Ils ne sont pas humains à mes yeux. Leurs pratiques vont à l'encontre de la logique et de la science. De tels énergumènes ne devraient pas exister.

La violence de ses idéaux me cloua sur place. Ils étaient ancrés en lui telle une maladie contagieuse. Les mots coulaient de sa bouche avec la monotonie d'un discours appris par cœur. Je déglutis douloureusement en m'efforçant de ne pas être consumée par l'horreur.

– Ne sommes-nous pas à l'abri d'eux ? l'interrogeai-je. Je peine à trouver un lien entre la magie et notre discussion.

– Le contraire m'aurait étonné, soupira Emrys. Ce chaos est difficile à saisir.

– Alors expliquez-moi, insistai-je.

Mon calme n'était qu'une façade, je me sentais sur le point d'imploser. Le souverain était de toute évidence mieux informé que ce que je pensais. Connaissait-il l'existence du mage noir ? Je fis de mon mieux pour ne pas bouger lorsqu'il réduisit la distance entre nous. Sa main effleura ma joue glacée.

– Vous étiez également présente sur la scène du meurtre de Theos, réfléchit-il à voix haute. S'en prendre à vous trois jours après représente un message fort. Le sorcier gagne en puissance et tient à me le faire savoir. C'est une sorte de défi.

– Sybille était le témoin principal du crime, objectai-je avec précaution. Pourquoi n'a-t-elle pas été prise pour cible ?

– Mademoiselle Dubanes est indemne *pour l'instant.*

Rivées aux miennes, ses prunelles bleues s'assombrirent. Il laissa retomber son bras.

– Aujourd'hui, mon ennemi s'est servi de vous pour m'affaiblir, admit-il en reculant. Il sait que je ne suis pas indifférent à votre sort.

Son aveu m'arracha un hoquet de surprise. Une sensation de brûlure s'installa dans mes poumons, et je me rendis compte que j'avais oublié de respirer.

– N'est-ce pas vous qui m'avez menacée à plusieurs reprises ? répliquai-je d'un ton neutre.

– Disons que je ne supporterais pas de vous voir blessée de manière irrémédiable, répondit Emrys d'une voix distante.

Animés d'une vie propre, les mots du monarque se mirent à défiler à l'infini dans mon cerveau. Mon pragmatisme voulait que j'en tire de la satisfaction. Pourtant, je n'éprouvais qu'une répugnance teintée de honte. Je n'y comprenais plus rien. Je me flagellai mentalement pour me remettre les idées en place. Emrys avait ruiné ma vie sans espoir de retour en arrière. Le compte à rebours de ma vengeance était enclenché.

– Vous avez donc affaire à un sorcier ? repris-je en croisant les bras.

– Lui seul sait ce dont souffre le roi Damian. Quant à vous, tout porte à croire que vous avez subi un sort de son invention.

– Connaissez-vous ses motivations ? Agit-il seul ?

J'essayais de paraître aussi ignorante que possible. Mon intérêt ne devait pas paraître trop frappant. Le roi se frotta le visage.

– Nous ferions mieux de nous séparer, décréta-t-il à ma grande déception. Mon valet va vous reconduire à vos appartements. Ne livrez pas les détails de votre malaise à Yeorgia, je vous en prie. Et pour l'amour du ciel, ne vous laissez plus embarquer dans des situations délicates. C'est mon dernier avertissement. Devrais-je charger le garde Avir de vous tenir à l'œil ?

– Non ! m'écriai-je en sursautant. Ne faites surtout pas cela, monsieur Avir a mieux à faire.

Je marquai une pause avant d'englober la galerie d'un geste du bras.

– Vous ne m'avez toujours pas dit où mènent ces couloirs, lui fis-je remarquer.

– Cette aile de Catarrias renferme des galeries historiques, m'informa Emrys d'une voix impatiente. Vous n'y trouverez que des reliques poussiéreuses datant de la fondation du royaume par mes ancêtres. Il y a aussi une pièce où les gardes rangent de vieilles armes.

Je le laissai me pousser délicatement vers le chemin du retour. À la dernière minute, je jetai un coup d'œil par-dessus mon épaule. L'obscurité me fit froid dans le dos. Le mage noir avait-il délibérément choisi cet endroit ? Ou avait-il juste profité des circonstances ?

CHAPITRE 30

PHOEBE.

Le valet d'Emrys me raccompagna jusqu'à l'étage où j'étais logée. Trop fatiguée pour protester, je le priai d'adresser mes remerciements à Sa Majesté. Ravi de se rendre utile, le jeune homme chétif ne remarqua pas la pointe de sarcasme dans mes paroles. Pas une fois ses yeux ne se posèrent sur mes hématomes, dissimulés par d'épaisses boucles détachées de mon chignon.

Le corridor conduisant à ma chambre me parut anormalement long. Maintenant que je n'avais plus à faire bonne figure, rien ne pouvait me distraire de ma souffrance grandissante. Mon corps et mon âme étaient en feu. Cet après-midi avait rendu ma mission plus périlleuse qu'elle ne l'était déjà. Je devais me battre contre un ennemi sans visage, tout en m'assurant de tenir Emrys à l'écart de la vérité. J'avais embarqué pour Khilan dans l'optique d'abattre le dragon qui régnait dessus. Je n'aurais jamais imaginé qu'un second était tapi dans l'ombre. Étourdie, j'entrai dans mes appartements en manquant de m'affaler au sol.

Les rideaux des fenêtres avaient été tirés. La pièce était à peine éclairée par la lueur des quatre bougies disposées au sol. Destinées aux divinités consultées lors du rituel, les trois premières arboraient des couleurs différentes. La verte symbolisait la miséricorde d'Adis, la rouge représentait le courage de Dyena, et la bleue invoquait la sagesse d'Alia.

D'un blanc éclatant, la dernière bougie exprimait la pureté des intentions.

Agenouillée près du lit, Vittoria formulait une prière à voix basse. Ses lèvres remuaient à toute vitesse, des larmes silencieuses roulaient sur ses joues. À la tension qui apparut dans ses épaules, je sus que mon amie avait conscience de ma présence. Au bout de plusieurs minutes, elle éteignit les bougies et les rangea avec soin sur la table de nuit. Vittoria rouvrit ensuite les rideaux pour nous laisser entrevoir les derniers rayons de soleil.

– J'ai échoué à vous protéger, Votre Altesse, déclara-t-elle dans un souffle.

– Vittoria, regarde-moi.

Les traits dévastés, mon amie pivota lentement dans ma direction. Le gris de ses yeux évoquait un ciel de tempête.

– J'ai été prise d'assaut par les dons du mage noir, tu n'aurais rien pu faire contre lui. Je suis au contraire soulagée que tu n'aies pas été là. Il ne t'aurait peut-être pas laissée la vie sauve.

– Je mourrais mille fois pour vous, rétorqua-t-elle en serrant les poings. Et j'aurais tué le roi à mains nues s'il avait touché à un seul de vos cheveux !

– Emrys ne m'a rien fait, l'apaisai-je d'un ton haché. Il commence à ouvrir les yeux sur les agissements du mage noir. Je dois admettre qu'il est plus perspicace que ce à quoi je m'attendais. Ses préjugés continuent toutefois d'obscurcir son jugement.

L'élancement au fond de ma gorge m'obligea à m'interrompre.

– Le disciple de la déesse Lurena ne vous a pas choisie par hasard, devina Vittoria, le front plissé. Il sait que vous n'êtes pas Callie Pyrrha.

Mon rythme cardiaque redoubla d'intensité. Je ressentais encore les effets de sa magie ténébreuse. Mon sang bouillait dans mes veines et j'avais la sensation d'avoir la peau desséchée. C'était le signe que mon corps cherchait à se purger de cette violation. Le processus s'avérait aussi éprouvant que guérir de la peste.

– J'aimerais que vous me racontiez tout dans les moindres détails, ajouta la jeune femme. Avant cela, vérifions que vous n'êtes pas marquée.

Je retirai mes vêtements un par un. Vittoria me prêta main forte en examinant ma peau laiteuse sous toutes les coutures. En lançant un sort permanent, le mage noir laissait une empreinte sur le corps de sa victime. C'était le cas chez le roi Damian. Emrys affirmait que les marques étaient apparues après la fièvre, mais j'en doutais. Elles avaient probablement été présentes depuis le début, sous un aspect imperceptible à un œil non expérimenté.

Ce que j'avais enduré ne ressemblait en rien à un maléfice du sang, qui se manifestait tardivement. Il pouvait s'écouler des mois avant que la proie en ressente l'aboutissement. Faisant écho à mes pensées, mon amie soupira sans dissimuler son soulagement :

– Il n'y a rien. Une fois que les ecchymoses auront disparu de votre cou, tout ceci ne sera qu'un mauvais souvenir.

Elle acheva son exploration puis m'intima de me rhabiller. Je m'allongeai ensuite sur le lit en posant ma tête sur mes bras. Je rêvais de me prélasser dans un bain parfumé aux pétales de roses. Cela me fit penser à Siofra, la femme de chambre favorite d'Astoria. Elle était capable de contrôler la température de l'eau. La magie était une denrée rare chez les domestiques du palais de Sunscar. Ce critère déterminait les rôles auxquels ils étaient assignés. Les malheureux étaient à présent sous la coupe d'Asher. J'espérais que ce traître leur témoigne le respect qu'ils méritaient.

– Le mage noir a fait de moi sa marionnette, avouai-je en sentant Vittoria s'asseoir près de moi. Mes pensées les plus intimes sont tombées entre ses griffes. Cet individu tire sa puissance du Gouffre de la déesse Lurena. Être à sa merci m'a fait comprendre la signification du mal à l'état primitif.

– Adis lui-même redoute le courroux de Lurena, murmura-t-elle avec déférence. Les mortels qui goûtent à ses pouvoirs devraient redoubler de prudence, car elle réclame toujours son dû.

– Je suis convaincue que le mage noir attend son heure. On pourrait croire que le roi Damian n'est qu'un pion écarté de l'échiquier. Autrement, pourquoi l'endormir au lieu de le tuer ?

– Maintenant qu'il connaît votre identité, je m'inquiète avant tout de ses plans pour *vous*. Il pourrait craindre que vous vous mettiez en travers de son chemin.

J'observai un silence contemplatif. Depuis trois jours, une portion de mon cerveau ne pensait qu'à la flèche tirée sur le médecin royal. Cette référence au régicide de mes parents n'était pas anodine. L'assassin cherchait-il à rappeler son crime à Emrys ? Ou désirait-il me défier ? Le nombre de possibilités était infini.

– Peu importe, chuchotai-je. Conjecturer ne nous mènera nulle part. Mon temps de manœuvre se rétrécit. Je me mords les doigts d'avoir gâché tant d'occasions d'abattre Emrys.

– Il est vrai que l'existence du mage noir complique votre course contre la montre, concéda Vittoria. Il doit savoir pourquoi vous êtes à Catarrias.

– Je le démasquerai avant que les rouages de son plan détruisent le mien ! m'exclamai-je d'un ton décidé. Rien au monde ne m'empêchera de sauver Cidia, quitte à y laisser ma vie.

Je regrettai immédiatement ma dernière phrase. La mine sombre, mon amie se raidit sur le matelas.

– Le royaume aura toujours besoin de sa princesse, déclara-t-elle avec froideur. En vous envoyant à Khilan, les dieux ne cherchaient pas à faire de vous une martyre.

– Comment peux-tu en être aussi sûre ? objectai-je. Les voies d'Adis sont impénétrables.

Vittoria me contempla en silence pendant un moment. Une détermination nouvelle brillait au fond de son regard.

– Telle est l'erreur la plus commune des mortels, asséna-t-elle. Imputer toutes leurs actions aux divinités. Celles-ci ne sont pas responsables de la fonction que vous occupiez à Cidia, pas plus qu'elles ne dicteront vos choix à l'avenir. Vous ne m'avez pas parlé des souvenirs que le mage noir a remués en vous, mais je les devine aisément. J'ai passé les trois dernières années à vous observer, chaque exécution vous arrachait un peu de votre joie de vivre.

Sa tirade me donna l'impression de tomber en chute libre. J'empoignai le couvre-lit à deux mains, le cœur menaçant de s'échapper de ma poitrine. Mon amie parut réaliser l'impact de sa franchise, car elle encadra mon visage de ses mains en reprenant doucement :

– Sa Majesté Matthaios avait le cœur d'un roi et l'âme d'un guerrier. Il vous aimait profondément, mais vous étiez son sujet avant d'être sa fille. Tuer Emrys Hartless sera le dernier cadeau que vous lui offrirez. Cependant, je ne vous laisserai pas vous sacrifier sans rien faire. Ce n'est pas le rôle d'une princesse qui a déjà trop donné d'elle-même. Vous êtes l'astre le plus brillant qu'Adis a créé. Un jour, il faudra bien que tout Cidia s'en rende compte.

Lorsque la jeune femme se tut, je me contentai de la dévisager stupidement. Je ne parvenais pas à formuler une phrase sensée. Je savais depuis longtemps qu'elle voyait à travers moi mieux qu'Astoria. Ma sœur était plus disposée à détourner les yeux de mes chagrins. Son titre d'héritière au trône l'exposait à ses propres soucis. Toutes les deux, nous partagions ce point commun. Se montrer sous son meilleur jour face à l'adversité. Naviguer en eaux troubles sans jamais se plaindre.

– Ce jour-là, est-ce que tu accepteras enfin de m'appeler par mon prénom ? demandai-je du bout des lèvres.

– Nous verrons en temps voulu, répliqua Vittoria d'un ton léger.

CHAPITRE 31

EMRYS.

Les coudes vers le bas et les genoux fléchis, je désarmai Hero d'une torsion du poignet. L'épée du garde tomba dans la poussière en produisant un bruit assourdissant. Les tempes couvertes de sueur, il leva les deux mains d'un air vaincu.

– Vous êtes en pleine forme, Votre Majesté, commenta-t-il tranquillement.

– Je pourrais en dire autant de vous, ripostai-je en repoussant mes cheveux de mon front.

Comme d'habitude, Hero accepta mon éloge avec un sourire humble. Je rengainai Fury puis m'essuyai le visage à l'aide d'un coin de ma chemise. Nous nous étions enfermés dans la salle d'armes au coucher du soleil. Vingt-quatre heures s'étaient écoulées depuis l'agression de Callie, mais nous n'étions pas plus avancés. Chacune de nos théories était contredite par la suivante. J'étais reconnaissant à Hero de m'avoir permis d'extérioriser ma tension. Aucun de nous n'avait lésiné sur son talent au combat d'épée. Après les sons d'acier et les grognements d'effort, le silence de la pièce me paraissait irréel.

D'une tape sur son épaule, j'indiquai à Hero de me suivre. Les muscles relâchés, j'arpentai la salle jusqu'à une table de forme rectangulaire. Je m'y installai en attrapant le pichet d'eau fraîche qu'un garçon de cuisine nous avait fait parvenir. Je remplis un verre et le tendis au garde, qui murmura des remerciements avant de tout boire d'une traite. Je profitais des dernières vagues d'excitation qui grésillaient sous mon épiderme.

Mon regard se promena sur l'armement entreposé de l'autre côté. Des lances aiguisées étaient accrochées aux murs. Une spectaculaire armure était rangée entre deux haches de guerre. Je m'attardai sur l'arc long appuyé contre une banquette en pierre. L'image du buste transpercé de Theos flotta devant mes yeux, et je m'empressai de m'intéresser à Hero. Une partie de son visage était plongée dans l'ombre.

– Parlez-moi de vous, Avir, lançai-je sur un coup de tête.

– Qu'aimeriez-vous savoir ? répondit-il d'un ton détaché.

Ses doigts se crispèrent autour de son verre. Il gardait les prunelles rivées sur la peau fendillée de ses phalanges, et un tic nerveux faisait tressauter le coin de sa bouche. Hero redoutait de devoir répondre à mon interrogatoire. Alors que ma conscience me suppliait de le laisser en paix, je repris :

– D'où venez-vous ?

– Je suis né dans un village près de la région d'Ironwood, déclara-t-il d'une voix posée. J'étais le plus jeune d'une fratrie de huit enfants. Mon père est mort lorsque j'avais une dizaine d'années. Faute de moyens financiers, mes frères aînés ont échoué à conserver la ferme familiale.

Proches de la frontière Cidienne, les terres agricoles de Khilan étaient précieuses. Les nobles cherchant à y investir n'hésitaient pas à abuser de leur autorité pour dépouiller les moins fortunés. La famille de Hero avait dû céder son bien à l'un de ces rapaces.

– Vous étiez très jeune, fis-je remarquer. Que s'est-il passé ensuite ?

Livide, il tourna la tête vers moi. La lumière du chandelier accentua les contours de sa joue balafrée.

– L'un de mes frères a été engagé comme palefrenier sur la propriété d'un riche seigneur, déclara Hero avec raideur. Il m'a emmené avec lui, mais j'ai décidé de m'enrôler dans la Garde dès l'âge minimum de quatorze ans. Servir la Couronne était mon ambition secrète, je n'imaginais pas dédier ma vie à une cause différente.

– Je présume que votre ancien employeur est responsable de cette cicatrice.

– Oui, Votre Majesté, confirma-t-il sans oser me regarder.

Les épaules légèrement voûtées, Hero laissa son regard se perdre dans le vide. Sa blessure avait probablement été infligée par la lame d'un couteau. À ma curiosité inassouvie venait s'ajouter un sentiment de révolte. Une partie de moi exigeait de connaître l'identité de celui qui avait défiguré l'un de mes meilleurs gardes. Il méritait de payer le prix fort pour ce méfait.

Je choisis de ne pas lui soutirer plus d'informations. Le jeune homme avait le droit de s'emmurer dans ses douloureux souvenirs. Je comprenais mieux la rigueur avec laquelle il exécutait son travail. La plupart des recrues de la Garde provenaient des classes les plus pauvres de notre société. Elles aspiraient à une vie meilleure en arrivant à Catarrias. Mon intuition avait été la bonne concernant Hero. Ce dernier n'était pas motivé par le gain, il veillait au bien-être de Khilan par passion. Les meurtrissures de son passé faisaient sa force.

– Qu'en est-il de votre famille ? questionnai-je alors que le silence s'éternisait. Souffrez-vous parfois de ne pas revoir vos frères et sœurs ?

– Je m'assure qu'une partie de mon salaire annuel leur parvienne, lâcha-t-il en haussant lentement les épaules. Tout bon garde saisit l'importance de tirer une croix sur son ancienne vie. Des ennemis de la couronne pourraient s'en servir contre nous.

Je le gratifiai d'un sourire appréciateur. Intégrer la Garde royale impliquait l'interdiction d'entrer en contact direct avec les siens. Il était uniquement permis de les soutenir sur le plan matériel.

– Quel bon petit soldat vous faites, Avir, le raillai-je sans méchanceté. Je note que vous avez habilement contourné ma question.

Une expression déconfite traversa ses traits, et il se redressa d'un mouvement vif.

– Ce n'était pas un reproche, bien au contraire, précisai-je d'un ton égal. Ne me décevez jamais et tout ira bien pour vous.

– Vous pouvez compter sur moi, promit-il.

La nuque tendue à l'extrême, Hero inclina la tête vers l'avant. Il ne prenait pas ma réplique à la légère. Ma confiance était aussi difficile à acquérir que facile à briser. Ceux qui tombaient dans la seconde alternative n'avaient pas droit à une seconde chance. Les confidences du jeune homme venaient de modifier quelque chose entre nous. L'atmosphère dans la salle d'armes s'alourdit. Pendant une fraction de seconde, je regrettai le rapport de force qui nous séparait. Je n'avais pas d'autre ami que Paris, mais Hero aurait pu tenir ce rôle dans une autre vie. Le quotidien d'un roi était plein de paradoxes. J'avais beau être entouré toute la journée, je me sentais constamment seul. C'était le revers de la couronne. Je devais avouer que cela me pesait par moments.

Le garde s'éclaircit la voix pour me tirer de mes pensées.

– Puis-je disposer, Sire ? demanda-t-il. Ma patrouille commence bientôt.

– Faites donc, commandai-je en passant outre ma mélancolie passagère. Vérifiez que les habitants respectent le couvre-feu. Et ouvrez l'œil à tout bout de champ…

***

Le lendemain, je pris l'initiative d'accélérer mon enquête. L'indice de Theos devait me conduire quelque part. Paris avait raison : une plongée dans le passé s'imposait. En fouillant dans les vieux tiroirs de mon cabinet, j'avais retrouvé par hasard un portrait en miniature de la reine Gregoria. Mon père l'avait sans doute placé là à l'époque où il occupait la pièce.

La peinture avait résisté au temps et à l'humidité. Pendant plusieurs minutes, je ne pus détacher les yeux du profil élégant de ma mère. Sa chevelure bouclée et ses yeux doux éveillaient de lointains souvenirs dans ma mémoire. Des bribes qui ne subsistaient jamais longtemps. Très peu de portraits d'elle existaient encore au palais. Ils avaient été décrochés des murs après le sacre de Kassandre. Cette trouvaille me perturba au point de ne plus pouvoir me concentrer sur mon travail. J'avais le sentiment d'avoir enfreint l'intimité de l'ancien couple royal. Il était étrange de découvrir que le roi Damian conservait à portée de main une miniature de sa première épouse. C'était la preuve que j'avais sous-estimé la profondeur de leur attachement.

Je rangeai précipitamment le petit objet dans ma poche au moment où Paris faisait son entrée. Son visage reprenait des couleurs depuis que j'avais fait venir un excellent apothicaire à son chevet. Il se rétablissait vite, mais ne pourrait pas manier une épée avant un bout de temps.

– J'ai entendu dire que tu avais convoqué la baronne Dubanes. Est-ce en rapport avec Gregoria ?

Sa lèvre inférieure était plissée dans une moue inquisitrice. Je posai les mains à plat sur le bureau pour me donner une allure nonchalante.

– Madame Dubanes a été la dame de compagnie de Mère pendant de longues années, lui rappelai-je.

– C'est juste, répondit le duc avec prudence. La reine avait joué les entremetteuses entre le baron et Abigail. Avec le recul, ce n'était pas la meilleure idée qu'elle ait eue.

Je haussai un sourcil en l'entendant prononcer le prénom de la baronne. Cette dernière continuait de prendre des nouvelles de Paris. La culpabilité la poussait peut-être à évaluer son chemin vers la guérison. Ou alors, il se tramait autre chose entre ce duo improbable.

– Ta nouvelle amie serait-elle malheureuse en ménage ?

– Ce ne sont pas tes affaires. Tu es le seigneur de Catarrias, pas l'une de ses commères.

Les intonations évasives de sa voix m'arrachèrent un rire moqueur. Je le rassurai d'un geste dégagé du bras. Libre à lui de courtiser qui il souhaitait tant que cela ne lui portait pas préjudice. Les liaisons interdites se faisaient et se défaisaient à la cour. Certaines duraient plus longtemps que d'autres. Les plus rusés n'étaient jamais pris la main dans le sac. Il arrivait toutefois que des scandales hideux éclatent.

– J'espère que cette audience avec la baronne m'éclairera sur un détail ou deux, soupirai-je.

– T'attends-tu à une découverte en particulier ?

– Je cherche à comprendre pourquoi ma mère était au centre des dernières paroles de Theos. La vérité se cache parfois là où on ne l'attend pas.

Paris fouilla mes traits impassibles du regard. Le poids de sa curiosité écrasait le peu de courage que j'avais en moi. Je n'étais qu'un infâme menteur pris entre deux feux. Les mots détestables d'Owen émergèrent dans mon esprit. *La magie a une composante héréditaire.* J'étais arrivé à la pire des conclusions au terme de mes nuits d'insomnie. Je devais percer l'origine de mes capacités. Rien ne m'obligeait à mettre mon dégoût de côté, encore moins à les accepter. Surtout s'il existait une solution pour m'en défaire.

– Qu'arrivera-t-il si la réponse à ta question s'avère cruelle ? me demanda Paris d'une voix douce.

– Je m'adapterai pour le plus grand bien de Khilan, rétorquai-je avec assurance.

Il baissa le menton d'un air triste et changea de jambe d'appui.

– Oh Emrys, je te supplie d'agir avec circonspection. L'échiquier peut vite basculer lorsque de la magie noire est impliquée.

– Je ne laisserai pas un sorcier terroriser la cour sans rien faire ! m'écriai-je, les narines frémissantes d'agacement. Surtout s'il continue de frapper ceux qui ne sont pas en mesure de se défendre.

– Callie Pyrrha joue de malchance, déplora le duc. Figure-toi que je l'ai vue juste avant sa mésaventure. Elle sortait des appartements de Kassandre. La pauvre enfant avait l'air terrorisée. Sais-tu ce que ta belle-mère lui voulait ?

– Je le devine aisément, marmonnai-je. Callie n'a pas eu besoin de m'en dire plus.

Notre proximité au bal de Séléné n'avait pas dû être du goût de la reine.

– C'est tout de même une coïncidence étrange, observa Paris en se frottant le menton. As-tu confronté Kassandre à ce sujet ?

– Je n'aimerais pas qu'elle suspecte ce qui s'est passé. Nous aurons plus de chance d'attraper le sorcier si son existence est tenue secrète.

Il acquiesça en me dévisageant comme s'il me voyait pour la première fois. Un sourire espiègle étira ses lèvres.

– Est-ce que tu as eu des nouvelles de Callie depuis avant-hier ? s'enquit le duc avec une désinvolture feinte.

Mon silence fut éloquent, et je lui retournai un regard peu amène. Par réflexe, je me mis à farfouiller parmi le tas de paperasse sur mon bureau.

– La baronne sera là d'un instant à l'autre, déclarai-je d'un ton distant. J'aimerais consulter des rapports avant son arrivée.

Résigné, Paris me salua d'une révérence avant de reculer vers la porte. Une fois seul, je soufflai bruyamment pour évacuer ma frustration. Je détestais me replier sur moi-même au moindre inconvénient. Cela me donnait l'impression d'être un enfant capricieux à qui l'on dérobait ses jouets. Je ne contrôlais plus mes réactions dès qu'il était question de Callie. La simple consonance de son prénom déclenchait un brasier dans ma cage thoracique. Les murailles dont je m'entourais ne valaient plus rien face à elle. Le timbre de sa voix me transperçait avec autant de précision que la lame de Fury. Je ne prévoyais pas de m'habituer à ces sensations. Elles n'étaient que futiles et éphémères, n'est-ce pas ?

CHAPITRE 32

EMRYS.

Peu après le départ de Paris, un garde vint m'annoncer que la baronne Dubanes m'attendait dans le couloir. Je me composai un visage imperturbable en lui ordonnant de la faire entrer. Je m'imaginai plonger la tête dans un bol de glaçons. Je ne pouvais m'occuper que d'un problème à la fois. Ce que j'éprouvais pour Callie n'avait pas d'importance. Encore une fois, le jeune homme perdu s'effaçait au profit du roi insensible. Il était plus facile de revêtir mon masque habituel que d'affronter un terrain inconnu.

Les traits détendus, Abigail Dubanes avança dans mon cabinet. Si notre audience la rendait nerveuse, elle n'en laissait rien paraître. Sans me presser, je contournai mon imposant bureau pour la recevoir.

– Madame la baronne, l'accueillis-je d'une voix plate. Prenez donc un siège.

Elle s'assit dans le fauteuil à dossier haut que Paris occupait d'ordinaire. Les épaules rejetées en arrière, je restai debout près de la bibliothèque. Mon regard glacial resta rivé sur Abigail, qui croisa gracieusement les chevilles sous l'ourlet de sa robe. Son aplomb me tapait sur les nerfs, je n'arrivais pas à déterminer s'il était réel ou feint. Comme si elle lisait dans mes pensées, la dame prit la parole :

– Puis-je vous demander ce que vous attendez de moi, Sire ?

Son ton n'était pas plus émotif que le mien. Je lui adressai un sourire sans joie.

– Je voulais vous parler de votre époux, prétendis-je. Le baron Dubanes n'a pas mis les pieds à Catarrias depuis des mois. Il n'a même pas assisté à l'entrée de sa fille dans le monde.

– Le baron est très pris par ses obligations en dehors du palais, justifia-t-elle.

Ses yeux se rétrécirent et elle empoigna les accoudoirs de son fauteuil. C'était la première fissure dans sa façade flegmatique.

– Est-il trop occupé pour rendre hommage à son roi ? murmurai-je. Voilà qui éveille ma curiosité.

J'arborai un air pensif tout en faisant un pas dans sa direction.

– Devrais-je me pencher sur les activités qui le retiennent loin de la cour ? ajoutai-je.

– J'ai reçu sa dernière lettre ce matin, répliqua Abigail à un débit plus rapide. Le baron sera bientôt parmi nous, il est navré d'avoir manqué le bal de Séléné.

Elle blêmit sous le fard rosé qui ornait ses joues. La première étape de mon stratagème était un succès. Désormais, j'étais sûr d'avoir toute son attention.

– Bien, vous me rassurez. Je n'aimerais pas vous voir en mauvaise posture.

– Nous sommes une famille intègre, Votre Majesté, affirma-t-elle en pressant une main contre son cœur.

Le visage en larmes de Sybille jaillit dans mon cerveau, et je me fendis d'un rictus ironique.

– L'intégrité est une notion relative, madame la baronne. Je la qualifierais même d'inexistante dans le monde barbare qu'est le nôtre.

Abigail prit la sage décision de ne pas répondre à ma provocation. Ses doigts courts jouaient avec l'extrémité de sa manche en velours.

– Vous étiez une grande amie de la regrettée reine Gregoria, repris-je après une pause. Ne vous a-t-elle pas intégrée elle-même à la cour ?

– Oui, répondit la dame en adoptant une posture plus sereine. Votre mère était à mes yeux l'incarnation de la bonté. Notre rencontre a eu lieu lorsque nous étions enfants. Elle tombait souvent malade, et j'accompagnais mon père à chaque fois qu'il était appelé à son chevet. À l'adolescence, j'ai naturellement accepté de devenir sa demoiselle de compagnie. Je n'ai pas hésité à la suivre à Catarrias.

Je restai indifférent à la nostalgie qui faisait vibrer sa voix. Dans ma poche, la miniature en ivoire semblait me brûler la cuisse. Résolu à ne pas me laisser distraire, je demandai d'un ton détaché :

– Étiez-vous présente le jour de sa mort ?

– Non, soupira-t-elle. Sybille était une enfant à la santé délicate, je devais rester loin de l'épidémie de fièvre qui ravageait le palais. Sa Majesté m'avait écrit quelques jours plus tôt pour m'avertir qu'elle n'en avait probablement plus pour longtemps. Je regrette de ne pas lui avoir fait mes adieux.

– Savez-vous qui était à ses côtés durant cette période ? insistai-je en ravalant ma déception.

Abigail paraissait de plus en plus interloquée par mes questions. Un seul regard de ma part la dissuada de m'interroger en retour. Le front plissé, elle remonta le fil de ses souvenirs.

– Le roi Damian et vous-même aviez été isolés de Gregoria, se remémora-t-elle. Seule une poignée de visiteurs lui était autorisée. Principalement le médecin royal de l'époque et des domestiques. Néanmoins…

La baronne s'interrompit en secouant le menton. Mon sang ne fit qu'un tour.

– Qu'y a-t-il ? la pressai-je. Concentrez-vous madame, c'est très important !

– Pardonnez-moi, balbutia la mère de Sybille. Je ne peux pas me permettre de remuer le passé, je risque de m'attirer des problèmes.

– Vous vous adressez à votre roi, rétorquai-je en grinçant des dents. C'est en me dissimulant des choses que vous avez le plus à perdre.

– Je vous en supplie, je ne veux pas me mettre la reine Kassandre à dos.

Le regard fuyant, Abigail joignit les mains devant elle. Ma bouche s'assécha à la mention de ma belle-mère. Je résistai à la tentation de secouer la baronne comme un prunier.

– Elle ne dispose pas d'autant de pouvoir que vous l'imaginez, déclarai-je avec une patience forcée. Ne gâchez pas cette opportunité de faire de moi votre allié.

La dame se massa les tempes en prenant une profonde inspiration.

– Dans sa missive, votre mère m'avouait avoir reçu la visite de Kassandre Snayth. Cette dernière ayant déjà attrapé la fièvre, elle était immunisée. Apparemment, elle tenait à présenter ses excuses à Gregoria.

– Des excuses ? répétai-je sans pouvoir dissimuler mon étonnement. Pourquoi donc ?

– Toutes les deux ne s'entendaient pas très bien. Évidemment, elles n'affichaient pas leur hostilité en public.

Je savais que Kassandre et ma mère étaient entrées dans le monde la même année. Fille du marquis Snayth, la première appartenait à l'une des familles les plus influentes de Khilan. Le redouté général Davos n'était autre que son demi-frère. Face à mon regard ahuri, la baronne Dubanes laissa échapper un rire amer :

– Vous parliez d'un monde barbare il y a quelques instants, décréta-t-elle d'une voix mélancolique. Laissez-moi vous dire qu'il est d'autant plus impitoyable envers les femmes. Nous dresser les unes contre les autres est source de divertissement pour la cour.

– La querelle entre ma mère et Kassandre relevait donc d'une simple rivalité ?

Son hésitation renforça mon sinistre pressentiment. D'un signe du menton, je l'incitai à révéler tout ce qu'elle savait. Abigail poursuivit d'un ton haché, comme si on lui arrachait les mots de la bouche un par un :

– C'était le cas au début, mais j'ai des raisons de croire que la racine de leurs différends se trouve ailleurs. La reine Gregoria avait beaucoup de secrets. Parfois, elle disparaissait du palais pendant des heures. J'ai dû la couvrir à de nombreuses reprises. À son retour, je me heurtais à ses silences langoureux. Je ne lui posais pas de questions de peur de la froisser. Après tout, elle était ma souveraine avant d'être mon amie.

Elle se tut, le corps crispé au bord de son siège. Je repoussai mon sentiment d'incompréhension. Paris avait fait référence à la part de mystère que ma mère conservait jalousement. Le duc avait toujours été friand d'euphémismes élaborés. Une vague d'interrogations frappa mon cerveau de plein fouet. Comment diable faisait la reine pour s'évader du palais à l'insu de tous ? Qu'en était-il de mon père ?

– Je n'ai pas la moindre idée des endroits où Sa Majesté se rendait, continua la baronne. Je suppose que votre belle-mère l'avait découvert et qu'elle menaçait de la dénoncer au roi. Je me rappelle d'un bal d'hiver où Gregoria ne pouvait supporter de se trouver dans la même pièce que sa rivale. C'était comme si elle avait *peur* de Kassandre Snayth.

Je levai un index pour la faire taire. J'avais besoin de réfléchir sans l'influence de mes émotions. Kassandre savait peut-être quelque chose de compromettant au sujet de ma mère. La femme dont le sang coulait dans mes veines. La femme qui pouvait m'avoir transmis mon horrible capacité à user de la magie. Une douloureuse crampe me tordit l'estomac.

Ma belle-mère cachait bien son jeu derrière ses perles et ses robes d'apparat. Son comportement singulier des dernières semaines trouvait tout son sens. Si elle s'amusait à défier mon autorité, c'était parce qu'elle était mieux renseignée que moi.

Le savoir et le pouvoir allaient de pair. Entendre que les deux reines s'étaient réconciliées sur le lit de mort de Gregoria ne me rassurait pas. Ce drapeau blanc était maculé de fausseté.

Quand je parvins à m'exprimer de nouveau, ma voix était aussi éraillée que si l'on m'avait coupé les cordes vocales :

– Cette audience fut des plus instructives. Vous pouvez disposer, baronne Dubanes.

– J'espère ne pas vous avoir offensé, Sire, chuchota-t-elle en se méprenant sur mon attitude. Puis-je vous demander la visée de votre interrogatoire ?

Comme je ne répondais pas, la baronne poussa un soupir et s'apprêta à quitter la pièce. À la dernière minute, je lui lançai sans poser les yeux sur elle :

– Prévenez monsieur Dubanes que je l'attends de pied ferme.

CHAPITRE 33

PHOEBE.

Mes cauchemars avaient repris de plus belle. Les quatre nuits suivant l'attaque du mage noir furent peuplées de chimères et de souvenirs brutaux. Cet épisode avait fait remonter à la surface les atrocités enfermées par mon subconscient. Mes mauvais songes étaient pour la plupart identiques à ceux qui me tourmentaient à Cidia. Les prisonniers que j'avais tués d'un baiser formaient une ronde autour de moi. Ils me pointaient du doigt en se lamentant à grand bruit, me sautaient à la gorge dès que j'essayais de fuir. Ses mains me lacéraient le visage jusqu'à ce que je me réveille. Dans mon lit, mon soulagement de retrouver la réalité ne durait jamais longtemps. Je me rappelais avec un moment de retard que je me trouvais en territoire ennemi. Que mes yeux soient ouverts ou fermés, je vivais dans un cauchemar permanent.

Le matin venu, Vittoria avisait mes draps souillés de sueur et de bile. Sans se départir de son tact, elle sonnait une femme de chambre pour apporter du thé chaud. Ne plus être réduite à affronter mes démons seule les rendait moins intimidants. Il m'était à la fois singulier et réconfortant de me sentir épaulée.

Je ne me montrai pas en public pendant près d'une semaine, le temps que mes bleus s'estompent. Mon isolement forcé n'était pas à mon goût. Tandis que j'étais cloîtrée dans mes appartements, la magie de Cidia continuait son inévitable déclin. Pendant que je me cachais aux yeux des nobles de

Catarrias, Emrys respirait encore. Ma mission prenait une tournure aux antipodes de ce que j'avais imaginé. Et ma patience s'amenuisait.

Lorsqu'arriva le jour de replonger dans le bain de la cour, je revêtis la robe la plus couvrante que Vittoria dénicha dans ma penderie. D'un marron terreux et fade, cette toilette était une insulte à la mode colorée de Cidia. Un affront aux jupes de satin aérien que nous portions à l'arrivée du printemps. Elle avait pour unique avantage de posséder un col qui dissimulait mes derniers hématomes. La matière laineuse aurait été plus appropriée en hiver, et je m'attendais à ce que cela devienne un sujet de moquerie. Je me préparais mentalement à me faire dépecer par les critiques des débutantes.

J'échangeai des messes basses avec Vittoria en déambulant dans les couloirs de Catarrias. Une partie de moi se mettait en état d'alerte dès que nous bifurquions à un nouvel angle. Le mage noir guettait mes faits et gestes, j'en mettrais ma main au feu. Ma complice devait penser la même chose, car son regard vif sondait les alentours. Avant de sortir de ma chambre, je l'avais vue glisser un petit poignard en argent dans l'épaisse ceinture de sa robe. Je n'avais pas eu le cœur de lui rappeler que les armes étaient impuissantes contre la magie noire. Nous ne pouvions qu'implorer la déesse Dyena de nous accorder sa protection.

Le hall principal abritait des groupes d'aristocrates, dont les chuchotements frénétiques ne présageaient rien de bon. Les conversations étouffées et le vent sec qui s'infiltrait à travers les arcades engendraient une ambiance oppressante. Près d'une voûte en pierre couverte de lierre, les Dubanes ne prononçaient pas un mot. L'aspect paisible de la baronne était contredit par les ombres autour de ses yeux. De son côté, Sybille se rongeait les ongles.

– S'est-il produit un évènement mémorable en mon absence ? interrogeai-je Vittoria.

– Pas à ma connaissance.

Une ride inquiète entre les sourcils, mon amie jaugeait la scène.

– Il n'y a qu'un seul moyen de le savoir, marmonnai-je en pressant le pas.

J'eus droit à des sourires fielleux en passant devant le clan des débutantes. Les prunelles vertes d'Alison détaillèrent ma robe affreuse avec une lueur de délectation. Je l'entendis pouffer de rire avant même de lui tourner le dos.

– Te voilà enfin ! me lança Sybille une fois que j'arrivai à sa hauteur. La reine nous a prévenues que tu souffrais d'une indisposition. J'envisageais de te rendre visite dans tes quartiers si tu ne réapparaissais pas aujourd'hui.

Je sentis Vittoria se crisper à côté de moi. Elle ne digérait toujours pas notre semblant d'alliance avec la jeune femme. Je pouvais la comprendre sur certains aspects. Il ne manquait plus que Sybille s'invite dans ma chambre. Malgré ses bonnes intentions, c'était la pichenette qui pouvait faire s'écrouler notre château de mensonges.

– Tu as bien fait de t'abstenir, répondis-je d'un ton rapide. Il me semble que c'était contagieux. J'ai de la chance d'être rétablie.

Elle acquiesça d'un air grave, et j'en profitai pour saluer sa mère. Le regard de cette dernière s'aventura par-dessus mon épaule, comme si elle cherchait quelqu'un.

– Veuillez m'excuser, murmura la baronne en me contournant.

Stupéfaite, je constatai que le duc de Pellias était l'objet de son intérêt. Le visage fermé, il sortait tout juste de la salle du trône. L'ensemble des regards convergèrent vers lui, mais personne ne l'interrogea. Le doute n'était plus permis, il se tramait une énième calamité à Catarrias. La baronne ne détachait pas les yeux de Paris, qui s'éloigna dans la direction opposée après lui avoir octroyé un bref rictus. J'étudiai les traits de Sybille avec curiosité. Avait-elle connaissance d'une quelconque amitié entre les deux ?

– Le palais accueille un invité très spécial aujourd'hui, me confia-t-elle d'un ton sérieux. Le général Davos vient d'arriver à l'improviste. Il attend le roi dans la salle du trône.

Alors que ce nom m'était vaguement familier, Vittoria perdit contenance. Ses yeux adoptèrent la forme de billes, et elle ne put ravaler un hoquet paniqué. Je lui donnai un coup de coude discret, tout en sentant mon pouls tambouriner au creux de mon poignet. J'avais toujours cru que seules nos treize divinités étaient capables de terroriser mon amie. Ce Davos venait de me prouver le contraire.

– Je ne suis pas sûre de savoir de qui il s'agit, avouai-je à Sybille avec une moue contrite.

– Il dirige notre armée depuis une trentaine d'années, m'instruisit-elle en baissant la voix. La rumeur prétend que le roi Matthaios de Cidia avait une peur bleue du général Davos.

– Balivernes, grommela Vittoria de façon à ce que je sois la seule à l'entendre.

Je ne pouvais qu'être d'accord avec elle. Mon père n'avait jamais ployé l'échine face à l'un de ses adversaires, et je ne le ferais pas non plus. Il avait mené lui-même l'armée Cidienne sur le champ de bataille. Son extraordinaire magie lui permettait de produire une intense lumière blanche. Celle-ci suffisait à aveugler les soldats ennemis et à tourner leur lourde artillerie en ridicule. Ce Davos devait être bien arrogant pour se croire supérieur à Matthaios Alcyon. Cidia ne combattait pas le feu par le simple feu. Elle le combattait d'abord par la magie que Khilan méprisait tant. Du moins, c'était le cas avant que mon royaume sombre dans l'autodestruction. Maintenant que le traité de paix était caduc, la visite inopinée de Davos me glaçait les sangs.

– Le général apporte-t-il des nouvelles de Cidia ?

J'avais forcé sur ma voix afin de ne pas trahir mon angoisse.

Prononcer le nom de mon pays avec neutralité n'avait rien d'anodin. Je craignais presque d'attirer l'attention des gardes qui patrouillaient de l'autre côté du hall.

– Il y a sûrement du remous à la frontière, conjectura Sybille. Les rumeurs se multiplient depuis que Davos a posé le pied à Catarrias. Nous en saurons plus une fois que le roi aura réuni ses conseillers.

– C'est là que vous vous trompez, mademoiselle Dubanes, intervint Vittoria d'un ton froid. La politique est un jeu calibré au millimètre, auquel tout le monde ne peut participer. Sa Majesté ne partagera pas de vérité intégrale avec sa cour. N'avez-vous rien appris de l'incident du bal ?

Le teint de Sybille vira au rose soutenu. Humiliée, elle se balança d'avant en arrière sur la pointe de ses orteils. Mon amie ne réagit pas à mon regard réprobateur. Je lisais une anxiété dévorante dans la tension qui bandait les muscles de ses avant-bras. Sa condescendance envers la fille du baron n'était que la manifestation de ses émotions refoulées. La guerre était l'un des rares sujets susceptibles de la pousser dans ses retranchements.

Sybille fut dispensée de répliquer à l'allusion inconfortable de Vittoria. La double-porte de la salle de trône s'ouvrit à la volée, et un homme jaillit sur le seuil. Les jambes écartées et les poings sur les hanches, il dégageait une autorité innée. Doté d'une peau cuivrée, le général Davos faisait à peu près la même taille que mon père. À sa gauche, la reine Kassandre ressemblait à une petite poupée de porcelaine. Jolie et fragile de l'extérieur, pleine de secrets à l'intérieur.

Suite à cette apparition, les nobles se turent à l'unisson. Le regard sans vie de Davos leur coupait toute envie de se perdre en spéculations. Du coin de l'œil, je vis que Vittoria tremblait autant qu'une feuille balayée par un vent automnal. Je savais ce qu'elle voyait en posant les yeux sur le général. Khilan qui se servait de ses canons mortels sur notre royaume affaibli. Nos terres pillées et incendiées. Un amoncellement de cadavres mutilés.

L'air se raréfia dans le hall à l'instant où une troisième silhouette se dessinait. Emrys descendait le grand escalier en prenant tout son temps. J'avais appris à décrypter sa nonchalance étudiée. C'était sa manière de marquer son territoire. Il régnait sans partage sur Catarrias et mettait un point d'honneur à nous le rappeler. Revoir le souverain me fit un drôle d'effet. Mon corps s'alourdissait à mesure qu'il se rapprochait.

Les courtisans s'inclinèrent face au roi tout en surveillant Davos. Tous attendaient avidement les retrouvailles de ces deux hommes puissants. J'étais moi-même aux aguets de leurs interactions. Le général adressa un salut à Emrys en lançant d'une voix profonde :

– Vous m'avez fait attendre, Votre Majesté.

Je crus distinguer une note narquoise dans sa formule de politesse. Ses bottes noires campées au sol, Emrys redressa le menton :

– Ce n'était pas mon intention, monsieur le général, rétorqua-t-il d'un ton qui suggérait tout le contraire. Et si nous montions dans mon cabinet ?

– Le duc de Pellias se joindra-t-il à nous ? J'ai eu l'impression de l'avoir contrarié, un peu plus tôt.

Davos ponctua ses paroles d'un rire hautain. La pomme d'Adam du monarque remonta et redescendit dans sa gorge, mais il garda la bouche close. D'un geste ample du bras, il encouragea son invité à passer devant lui. Loin de se faire prier, Davos traversa le hall d'une démarche de propriétaire. Le jeune homme lui emboîta le pas après quelques mots à l'intention de Kassandre.

Une panique incompréhensible me martela le ventre lorsqu'Emrys arriva près de l'arcade où Vittoria, Sybille et moi étions rassemblées. Je pivotai légèrement sur le côté, persuadée qu'il ne m'accorderait pas d'importance. Pendant ma semaine de rétablissement, le souverain ne m'avait pas fait le moindre signe.

Emrys déjoua toutes mes attentes en ralentissant à mon niveau. Je le sentis m'effleurer le dos de la main. Ce fut assez bref pour que personne à part nous n'en sache rien. Il reprit sa progression sans s'attarder auprès de quiconque. Je me surpris à ramener mes deux mains contre ma poitrine, affreusement consciente de l'endroit où nos peaux étaient entrées en contact.

À SUIVRE...

STARDUST

RETROUVEZ
LA COLLECTION
SUR LES RÉSEAUX

@Hugo_Stardust

@HugoYoungAdult

numérique
Impression & brochage - France
Numéro d'impression : N23137230501
Achevé d'imprimer : mai 2023
IMPRIM'VERT®
PEFC 10-31-3532